DIE SCHÖNE UND DIE HOLZFÄLLER

LEE SAVINO

Übersetzt von
DR. BARBARA PRILL

DIE SCHÖNE UND DIE HOLZFÄLLER

Nach dieser Abholzungssaison werde ich nie wieder Sex haben. Denn: Ich habe meine Gründe.

Aber zuerst habe ich einen Gig, bei dem ich Zimmer und Verpflegung und zehntausend Dollar für die "Unterhaltung" von 8 Holzfällern erhalte. **Acht starke und stramme Paul-Bunyan-Typen, die groß genug sind, um mich in zwei Teile zu zerbrechen.**

Da ist Lincoln, der Anführer, der strenge, schweigsame Typ ...

Jagger, der Kurt Cobain-Doppelgänger, mit einer Seele voller Musik und heißen Rockstar-Bewegungen ...

Elon & Oren, rothaarige Zwillinge, die alles teilen ...

Saint, das stille Genie mit dem Monster in der Hose ...

Roy und Tommy, die nur zusehen wollen ...

Und Mason, der mich hasst und nicht sagen will, warum, aber in seiner Nacht mich mittels Ekstase zu zerstören versucht.

Sie besitzen mich: meinen Körper, meinen Geist und meine Orgasmen.

Aber als sie mein Geheimnis - den Grund, warum ich mich vor der Welt verstecke - entdecken, ändert sich alles.

1

S ierra

EINE EISIGE BRISE schneidet durch meinen Kapuzenpull-over, kneift in die Haut und fegt weiter, sodass Müll auf den Bürgersteig fliegt. Ich beuge meinen Kopf und klammere meinen Rucksack an meine Brust, um mir einen Puffer gegen den Wind zu verschaffen. Selbst im Sommer ist es so kalt im Norden.

Leerstehende Gebäude verfolgen durch blind gewor-dene Fenster mein Vorankommen. Auf halbem Weg über einen leeren Parkplatz erwischt mich eine Welle der Übel-keit. Ich eile in eine Gasse und versuche, trockenen Fußes voranzukommen. In meinem Magen ist nichts, aber er verkrampft sich trotzdem, die Muskeln ziehen sich wie eine Faust um die Leere herum zusammen. Ich sacke gegen die schmutzige Wand zusammen.

Nicht jetzt. Ich brauche nicht zu allem Überfluss krank zu sein. Ich fummle in meinem fleckigen Rucksack nach meiner Wasserflasche und schütte mir etwas lauwarme Flüssigkeit in den Mund. Ich weiß nicht, ob der metallische Geschmack vom Leitungswasser, von altem Plastik oder von einer mysteriösen Krankheit herrührt, die ich mir zu allem Übel eingefangen habe. Wahrscheinlich ist es nur der Hunger. Es ist schon viel, viel zu lange her, dass ich etwas Anständiges gegessen habe.

Das Dröhnen der Motorräder schickt mich tiefer in die Gasse. *Sie haben mich gefunden.* Ich verschmelze mit der Wand, den Müll zu meinen Füßen, und halte den Atem an. Meine Augen schließen sich wie bei einem Kind. *Wenn ich das Monster nicht sehen kann, kann es mich nicht finden.*

Der Lärm der Motorräder verwandelt sich in ein Zischen und Rumpeln eines Lastwagens. *Sie sind nicht da.* Ich bin nach Norden gelaufen, weit in die Mitte von Nirgendwo. Die Höllenreiter werden die größeren Städte ihres Territoriums durchsuchen und nach Süden ziehen. Niemand, der bei Verstand ist, würde nach Norden fliehen.

Meine Hände zittern, halb vor Schwäche, halb aus Angst.

Nachdem ich mich ein paar Minuten an die Wand gelehnt habe, bringe ich mich in Bewegung. Auf der anderen Straßenseite und vor mir verkündet ein großes Schild: "Randys Place." Ich überquere die Straße, ein Hindernisparcours zwischen kaputtem Kopfsteinpflaster und halb gefrorenen Pfützen, und zucke zusammen, als der Schlamm meine Tennisschuhe befleckt. Ich bin nicht in der besten Verfassung, um einen Job zu ergattern. Andererseits brauche ich diese Schuhe nicht, um eine Stripperin zu sein.

Als ich auf dem Bürgersteig aufschlage, rollt ein Lastwagen vorbei, nahe genug, um meine Jeans mit schmutzigem Wasser zu bespritzen. Nur das Schlusslicht einer beschissenen Pechsträhne. Ich habe vor, mich vor dem Vorstellungsgespräch bis auf BH und Unterwäsche auszuziehen. Randy war gestern nicht allzu glücklich, mich zu sehen; ich bin mir nicht sicher, warum ich denke, dass es heute anders sein wird. Es liegt wohl an der Verzweiflung und meinen Wahnvorstellungen, verursacht durch einen leeren Magen.

Ich weiß, dass ich ein hübsches Gesicht habe, wenn er mir nur eine Chance geben würde. Mit etwas mehr Essen im Magen könnte ich all die Vorzüge einer Frau ausnutzen und sie zu meinem Vorteil einsetzen. Aber ich brauche Bargeld, um Essen zu kaufen, und um Bargeld zu bekommen, brauche ich zumindest eine Nacht an dieser verfluchten Stange.

Wenn ich klug wäre, würde ich aus dieser winzigen Stadt verschwinden, in der die beste Beschäftigungsmöglichkeit eine heruntergekommene Tanzbar ist, in der ab und zu LKW-Fahrer auftauchen. Aber ich habe nicht das Geld, um weit zu fliehen, und kann es nicht riskieren, meinen Kopf in einer nahe gelegenen Stadt zu zeigen. Dieser Teil des Landes gehört den Hell Riders.

Meine einzige Hoffnung, mich zu verstecken, ist diese Schlammgrube und der kaputte Bürgersteig, die zu klein ist, um viel mehr hervorzubringen als ein paar Tankstellen, einen Gemischtwarenladen, der alles von Kettensägen bis Unterwäsche verkauft, ein schmuddeliges 24-Stunden-Restaurant und Randys.

Die Leuchtreklame ist aus, aber die Tür steht weit offen. Ich halte in der Gasse inne, glätte mit den Fingern mein Haar und versuche, nicht an das letzte Mal zu denken, als ich geduscht habe. Vielleicht erlaubt mir Randy, mich im Badezimmer frisch zu machen, bevor ich an die Stange darf.

Ein tiefer Atemzug, und ich gehe durch die dunkle Tür. Ein Mann sitzt auf der Bühne und durchwühlt CDs. Der Namensvetter des Strip-Clubs, hässlich sogar in den dunklen Schatten seines Ladens. Er ist fett und kahl, stumpfe Finger kratzen mit einem Sandpapiergeräusch an seinem Hals.

Aber er ist hier der König, und das weiß er. Er schaut mich an, als ich auf ihn zugehe, und sieht empört aus. Die Hoffnung stirbt, aber ich setze mich vor ihn.

"Ich möchte vortanzen."

"Ich dachte, ich hätte Ihnen bereits 'nein' gesagt." Randy sortiert weiter seine CDs . "Ich brauche keine Stripperin ohne Titten."

"Lassen Sie mich an eine Stange und schauen Sie sich an, was ich kann." Ich bluffe nur. Ich habe in meinem ganzen Leben noch nie nackt getanzt. Aber ich weiß genug darüber, wie wild Männer ihre Frauen mögen. In einem Motorradclub aufzuwachsen, ist einem Mädchen Lehre genug.

"Ich habe es Ihnen gerade gesagt. Ich brauche keine weitere Tänzerin. Beweg deinen dürren Arsch hier raus."

Scheiß drauf. Ich ziehe mich zurück und mache in letzter Sekunde einen Abstecher zur Toilette. Randy sah mich nicht einmal an.

Drinnen wasche ich mein Gesicht, schaue genau hin und mache eine Grimasse. Meine Haut ist so blass, dass sie fast durchsichtig erscheint. Es liegen Gräben unter meinen Augen. Mein Rucksack, mein einziger Besitz, ist ein dreckiger, verspritzter Schlamm, der allerdings die weitaus schlimmeren Flecke darunter verbirgt. Ein Blick reicht aus, und Randy wird wissen, dass ich die letzte Nacht zusammengerollt in einer Hintergasse verbracht habe - und dass ich verzweifelt versuche, es nicht noch einmal zu tun. Ich sehe bestenfalls eklig aus, oder vielleicht verkatert. Meine Hände zittern ein wenig, während ich etwas Make-up auftrage. Ich warte hier drinnen, bis ich mich weniger wie ein Junkie fühle, dann gehe ich hinaus und bestehe darauf, dass der Besitzer dieses feinen Etablissements mir noch eine Chance gibt. Ich werde kriechen und es sexy tun. Ich werde tun, was ich tun muss - sogar Randys Schwanz lutschen.

Als ich mich genügend beruhigt habe, um die Toilette zu verlassen, erfüllt eine tiefe Stimme den Club. Ich schlüpfe aus der Toilette, bleibe aber im Schatten.

Fat Randy hat einen weiteren Bittsteller.

"Ich möchte nur, dass Sie mir zuhören." Ein großer Mann breitet seine Hände aus. Seine breiten Schultern versperren mir die Sicht auf Randy. Der Neuankömmling ist groß, aber jedoch nicht fett. So wie er sein Flanellhemd und seine Jeans ausfüllt, besteht er nur aus Muskeln.

"Keine meiner Bräute wird aufstehen und sich in den Dienst einer Bande von ..."

"Wir werden bezahlen. Unterkunft und Verpflegung, zehntausend am Ende der Saison. Mehr, wenn sie einen guten Job macht. Meine Jungs könnten Trinkgeld geben."

Ich kann mein Glück kaum fassen und klammere mich an der Wand fest, als die Worte in mir nachhallen. *Unterkunft und Verpflegung und zehntausend Dollar.*

"Eh", grunzt Randy. "Ich werde nicht zulassen, dass Sie meine Mädchen abwerben. Sie haben eine gute Sache hier und sie wissen es. Der Sommer ist die Hauptsaison. Sie werden nirgendwo hingehen und für eine Crew von dreckigen Holzfällern tanzen."

"Ich dachte nur ..."

"Die Antwort lautet: 'Scheiße, nein'. Und jetzt verschwinden Sie verdammt noch mal. Wenn ich höre, dass Sie hier herumhängen und mit meinen Mädchen darüber sprechen, werde ich Bernie bitten, dafür zu sorgen, dass Sie die entsprechende Nachricht erhalten. Bernie!" ruft Randy, und ein tätowierter Hulk taucht aus den Rauchschwaden auf, pflanzt seine Fäuste auf die Stange und beugt sich wie ein Gorilla vor.

Randy schmunzelt. "Bernie redet nicht viel. Stattdessen benutzt er seine Fäuste, verstanden?"

Kopfschüttelnd dreht sich der große Kerl um. Ich verschmelze mit den Schatten und beobachte, wie seine Stiefel an mir vorbeirauschen.

Ich werfe einen kurzen Blick auf sein Gesicht, bevor er mit der Hand gegen die Tür schlägt und sie aufstößt. Kurz kann ich einen schwarzen Bart erkennen und einen fest zusammengebissenen Kiefer. Ich folge ihm, bevor ich mich selbst stoppen kann.

"Hey, du", Randy sieht mich und schreit. "Verschwinde von hier. Ich brauche keine Tänzer mehr." Ich gehe, bevor er den Türsteher ruft, damit er meinen "dünnen Arsch" rausschmeißt.

Ich husche den Bürgersteig hinauf und verfolge den großen Kerl. Ich rufe "Hey!", aber es kommt ein raues Flüstern heraus. Er geht weiter. Er hat einen schönen Gang, lang und locker. Verblichene Jeans, fleckig, aber sauber gewaschen. Stiefel und ein Thermohemd. Er sieht aus wie ein Holzfäller, ein robuster Typ, der hier mit den Wäldern aufgewachsen ist.

Sei tapfer.

"Entschuldigen Sie mich." Ich komme nahe genug heran, um seinen Ellenbogen zu berühren. Er dreht sich mit

Schwung um und pulverisiert mich beinahe mit seinem Blick. Seine schwarzen Brauen sind verwachsen und der Bart verdeckt fast sein ganzes Gesicht. Ich versuche, nicht zusammenzuzucken.

"Ähm ... sagten Sie, Sie suchen nach einer weiblichen Entertainerin?"

Seine Augen bewegen sich an meinem schlanken Körper auf und ab.

Ich hebe mein Kinn an und blähe meine Brust ein wenig auf. "Ich bin interessiert."

Er sieht mich nur an. Sein Kiefer ist quadratisch und hart unter dem borstigen schwarzen Bart.

"Arbeiten Sie dort?" Er neigt seinen Kopf in Richtung Randys Neonreklame.

"Noch nicht. Ich wollte mich bewerben, aber Ihr Angebot gefällt mir besser."

Er schaut einen Moment weg, und ich kann förmlich sehen, wie er darüber nachdenkt, mich abzuweisen.

"Wo würde ich übernachten?" platze ich heraus.

"Ein Holzfällerlager etwa 50 Meilen nördlich von hier."

"Mir war nicht klar, dass es nördlich dieser Stadt etwas gibt", versuche ich zu scherzen.

"Es gibt dort nichts. Das Lager ist abgelegen. Nichts außer Bären, Bäumen und uns."

Sie sind kein Bär? Ich habe die Neckerei eingestellt. "Und Sie wollen nur eine Tänzerin? Sonst nichts?" Eine Brise erwischt mich und ich zittere. Bei dem Gedanken, mich auszuziehen, wird mir kalt.

Er schaut mich eine Sekunde lang an, sein Blick ist distanziert, als ob er durch mich hindurchsehen würde.

"Haben Sie gegessen?", grunzt er.

"Was?"

"Frühstück." Er deutet mit dem Kopf die Straße entlang zu einem Diner. "Ich lade Sie ein. Wir werden reden."

LINCOLN

DAS MÄDCHEN RUTSCHT in die Kabine und entspannt sich sichtlich in der Wärme. Sie ist nur noch Haut und Knochen in einer engen Jeans und einem verdammten Kapuzenpulli. Ein Kapuzenpullover, während dieser Kälteeinbrüche. Sie sieht aus, als käme sie gerade von der High School.

Als ich sie das erste Mal bei Randy aus dem Augenwinkel erblickte, dachte ich, sie wäre eine Süchtige, aber ihre Augen und ihre Stimme waren klar und deutlich. Es brauchte Mut, mir nachzulaufen, und das respektiere ich.

Ich werde sie aufwärmen, ihr eine gute Mahlzeit spendieren, ihr etwas Geld geben, damit sie sich eine anständige Jacke kaufen kann, und sie sanft abservieren.

Sie beißt sich auf die Lippe, ihre die Schultern sind eingesunken. Scheiße, ich will nicht, dass sie Angst vor mir hat.

"Wie alt sind Sie?"

Sie leckt sich die Lippen. "Einundzwanzig."

Ich kann mich des Spottes nicht erwehren.

Sie erwidert meinen Stirnrunzeln und hebt stolz ihr Kinn an. "Hier." Sie fummelt in dem Rucksack, den sie vor sich hält, als wäre er eine Schutzdecke. Sie klatscht ein Plastikrechteck auf den Tisch. AUSWEIS.

Sierra Woodhouse. Organspender. Ein Motorradführerschein, wie interessant ist. Und ja, wenn ich richtig gerechnet habe, ist sie tatsächlich einundzwanzig.

Ich entspanne mich ein wenig. Sie sieht aus wie eine Minderjährige, aber wenn es sich nicht um eine Fälschung handelt, ist sie es auch nicht. Ich hasse den Gedanken, dass jemand, der so jung ist, an einem Ort wie Randys arbeitet. Aber ich werde nicht dafür bezahlt, mich darum zu kümmern. Jeder hat seine eigene beschissene Geschichte. Das Beste daran, fernab der Zivilisation zu leben, ist, dass ich mich nicht mehr mit dem Schwachsinn der Leute herumschlagen muss.

"Erzählen Sie mir von der Arbeit", fordert sie. Temperamentvoll. Sie ist stärker als sie aussieht.

"Zuerst das Essen." Ich öffne meine Speisekarte. Das "Workmans special" ganz oben beinhaltet die doppelte Menge von jedem Gericht, das auf der Frühstückskarte steht. Sie wissen, wie man hier Männer ernährt. Ich bestelle das Essen und den Kaffee bei der müden Kellnerin und warte auf Sierra. Sie beißt sich auf die Lippe und betrachtet die Speisekarte mit einem fast schmerzhaften Gesichtsausdruck. Nichts tut einem leeren Magen so weh wie ein mögliches Festmahl.

"Machen Sie zwei Kaffees und zwei Specials daraus." Ich gebe meine Speisekarte zurück, behalte aber Sierras und lege sie beiseite. "Ich lasse Sie wissen, wenn wir mehr Essen wollen."

Sierra behält ihren Blick auf dem Tisch, als ob der Versuch etwas essbares auszuwählen, sie jeglicher Kraft beraubt hätte Ihre Wimpern sind wie dunkle Vorhänge auf ihrer blassen Haut. Sie hat ein paar Sommersprossen.

"Sind Sie von hier?" frage ich.

"Nein. Sie?"

Ich seufze. "Wisconsin. Ich dachte, ich wäre an kaltes Wetter gewöhnt."

"Und?"

"Die Hölle ist nicht heiß. Die Hölle ist kalt, und von November bis Mai ist sie genau hier."

"Wie weit sind wir vom Polarkreis entfernt?"

"Nicht weit genug. Hier oben gibt es nur zwei Jahreszeiten. Winter, und die, in der wir jetzt sind."

"In welcher Jahreszeit sind wir denn jetzt?"

"Jahreszeit der Kriebelmücken und Stechmücken-Saison."

Meine Antwort erhält ein winziges Lächeln.

Ich halte den Mund, bis sie uns Essen vorsetzen und uns dahinter vergraben. Sie versucht, zierlich zu sein, aber sie schaufelt die Kalorien mit Eifer in sich hinein. Ich bestelle eine zweite Tasse Kaffee und warte, bis sie langsamer isst.

"Also, der Job."

Ihre Augen richteten sich auf meine. Sie sind grün und auffallend, leicht mandelförmig. Also kein hundertprozentig kaukasischer Hintergrund. Ihr Gesicht ist ansehnlich genug, sogar hübsch, wenn es nicht so dünn und ausgehöhlt wäre, dafür sind ihre Augen wirklich verdammt hübsch.

"Ich führe eine Crew von Männern an, oben im Holzfäller-Sektor. Dies ist unsere Hauptsaison, und wir haben keine Zeit für freie Tage. Ich will nicht, dass meine Jungs hierher rennen, um sich zu vergnügen."

"Mit "vergnügen" meinen Sie "Muschi"." Sie schreckt vor dem Wort nicht zurück. "Sie wollen eine auf Abruf."

Ich zucke mit den Achseln. Es schien damals eine gute Idee zu sein. Jetzt bin ich mir nicht mehr so sicher.

"Was bringt die Arbeit mit sich? Zum Beispiel, wie viele Stunden?"

"Sie tanzen jeden Abend. Ansonsten gehört die Zeit Ihnen. Essen Sie mit uns, schlafen Sie aus, machen Sie Mädchenscheiße ..."

"Ich werde es tun."

Ich lehne mich mit einem Seufzer zurück. Die Kabine knarrt. "Haben Sie sich schon mal ausgezogen?"

"Nein. Aber ich habe gekellnert. Und wie schwer ist es, sich auszuziehen?"

Ich studiere sie einen Moment. Ihre Handgelenke sind klein mit zarten blauen Adern. Ich könnte sie mit einer Hand brechen.

"Ich sehe nicht nach viel aus, aber ich bin zäh", fährt sie fort. "Ich lerne schnell. Ich werde gut für Ihre Jungs sorgen, das schwöre ich."

"Es gibt noch mehr. Die Jungs wollen vielleicht ... mehr."

"Das kann ich auch machen." Sie erwidert meinen starren Blick unbeirrt. Ich muss zugeben, dass mein Schwanz bei ihrer Kühnheit ein bisschen steif wird.

"Haben Sie Erfahrung?" Ich frage, als ob dies ein übliches Vorstellungsgespräch wäre.

"Ich bin keine Jungfrau, wenn es das ist, was Sie meinen. Meine Mama hat mir von den Vögeln und den Bienen erzählt."

Ich schnaufe. Sie ist unverblümt und ehrlich. Das bringt frischen Wind in unser Leben.

"Also wärst du bereit ..."

Sie zuckt mit den Achseln. "Für diesen Geldbetrag würde ich alles tun. Alles und mit jedem."

Ich starre sie an. "Du müsstest dich testen lassen. Wir zahlen für den Arzt."

Sie zögert einen Moment. "Okay."

Scheiße, was kann ich sagen, um sie abzuschrecken? "Es gibt noch sieben weitere Typen, alle so gebaut wie ich."

"Ich werde nicht zerbrechen. Ich kann es mit dir aufnehmen." Ihre grünen Augen bohrten sich in meine.

Jetzt bin ich angefixt, mein Schwanz ist hart genug, um den Tisch zu durchbohren. "Fick mich", murmel ich.

Ihr Blick verwandelt sich in ein feuriges Lächeln. "Das ist mein Job."

Ich winke der Kellnerin zu. Das sollte eigentlich einfach sein. Ein Mitleidsmahl. Ich würde ein paar Scheine hinblättern und sie fortschicken. Aber jetzt bin ich mir nicht mehr so sicher, ob sie gehen wird.

"Geben Sie mir eine Chance", sagt sie. "Ich kann den Job erledigen. Kümmern Sie sich um mich und ich kümmere mich um Sie."

Draußen sind raue Stimmen zu hören und die Tür zum Diner fliegt auf. Eine Gruppe von Männern stampft hinein und unterhält sich laut. Sierra schrumpft praktisch zu einem Ball zusammen, als sie vorbeigehen. Und jetzt ich weiß es.

Sie ist auf der Flucht. Sie versteckt sich vor jemandem. Scheiße, ich kann jetzt auf keinen Fall nein sagen.

Vielleicht kann ich sie einfach nach einer Nacht zurückbringen. Ich versuche mir vorzustellen, was Saint sagen wird, wenn er sie sieht. Er ist sogar noch größer als ich.

"Haben Sie die Nacht hier in einem Motel verbracht?", fragt sie. "Wenn Sie noch Ihr Zimmer haben, würde ich gerne duschen, bevor wir abreisen."

"Sicher." Vielleicht kann ich mich aus dem Motel rausschleichen. Lass ihr etwas Geld da und bezahl das Zimmer für ein paar Nächte. Halt an einer Kirche oder so an, damit jemand nach ihr sehen kann. Ein kleines Ding wie sie sollte nicht allein sein.

Als wir aus dem Diner treten, dreht sich ein Motorrad in der Ferne, und Sierra duckt ihren Kopf und huscht näher zu mir.

Ein Mann hat ihr definitiv Unrecht angetan. Vielleicht besitzen ein paar Motorradclubs hier draußen ganze Städte. In der Welt der MCs sind Männer Männer, und Frauen sind

Eigentum. Wenn ein Clubmitglied Sierra in die Hände bekäme, würde es sich nicht zweimal überlegen, ihr die Frechheiten herauszuprügeln. Der Gedanke bringt mich dazu, etwas zerstören zu wollen.

"Hier entlang." Ich trete zwischen sie und die Straße und halte sie auf der Innenseite des Bürgersteigs, für den Fall, dass ein Lastwagen vorbeispritzt. So ein verdammter Gentleman.

Wir sind auf halbem Weg zum Motel, als ich merke, dass ich meine Schritte nicht verkürzt habe. Sie marschiert mit mir mit, mit erhobenem Kopf. Sie bittet um nichts.

Scheiße, ich mag das Mädchen.

"Hier." Ich halte vor einem Gemischtwarenladen. "Ich brauche ein paar Dinge." Wir treten ein und ihre Augen huschen umher. "Suchen Sie sich wärmere Kleidung aus", befehle ich. "Ich bezahle sie." Für den Fall, dass sie in Versuchung gerät, die Sachen zu stehlen, die sie braucht. "Und irgendwelchen Mädchenkram, den Sie vielleicht brauchen - genug für einen Monat." Sie kommt in ein voll ausgestattetes Safehouse .

Ich schlage die Zeit tot, bis sie an der Kasse mit einem kleinen Wagen erscheint, der mit viel zu wenigen Dingen gefüllt ist. Rosa Toilettenartikel und ein paar Thermosflaschen, ein weiteres Paar Jeans.

Fluchend schnappe ich mir eine Winterjacke, die so aussieht, als könnte sie ihre Größe haben - oder zumindest nicht so aussehen, als hätte sie den Bademantel ihrer Mutter an. "Es ist kalt da draußen. Schon vergessen? Kalt wie Satans Herz." Ich werfe die Jacke vor die Kassiererin und lege ein paar karierte Hemden dazu. "Was ist Ihre Schuhgröße?"

Sie sagt es der Kassiererin, die sich auf den Weg macht, um das zu bringen, was ich anordne. Stiefel. Keine durchnässten Tennisschuhe mehr. Im Nachhinein füge ich noch ein paar Paar Socken hinzu.

"Ich dachte, Sie würden mich in weniger Kleidung wollen", murmelt sie, als die Kassiererin abgelenkt wird. Mein Schwanz steht wieder stramm.

Ich schüttle den Kopf. "Auf diese Weise dauert die Show länger." Wenn ich an ihren Körper unter all diesen Kleidern denke, bekomme ich keinen Ständer mitten im Gemischt-warenladen. Ich bezahle, bevor Sierra Zeit hat, über die Gesamtsumme zusammenzuzucken.

Als ich die Tür zum Motel aufschließe, bin ich an der Reihe, zusammenzuzucken. Sie hat mehr verdient als diesen verblichenen Ort mit den Flecken auf dem Teppich und dem abgestandenen Zigarettengeruch. Im gedämpften Licht scheint ihre Haut zu glühen.

"Lassen Sie sich Zeit."

"Es wird nicht lange dauern."

Ich schaltete den Fernseher ein, um das Geräusch der Dusche zu überdecken. Wenn ich Zeit hatte, zu fliehen, dann jetzt. Aber es wäre eine feige Art, es zu tun.

Ich starre auf die Leinwand und versuche, mir nicht vorzustellen, wie Sierra sich nur wenige Meter entfernt hinter einer fadenscheinigen Tür nackt auszieht.

SIERRA

SCHEISSE, heißes Wasser fühlt sich gut an. Die Hitze dringt bis auf die Knochen. Ein schönes, sauberes Gefühl plus das Essen und ich bin bereit, wieder zu leben. Ich wünschte, ich könnte das Gefühl festhalten, aber ich wette um die zehntausend Dollar, dass Lincolns Wohltätigkeit jetzt ein Ende findet und er mich fallen lässt. Er wird entweder jetzt gehen oder darauf warten, mich in ein Obdachlosenheim zu fahren. Das heißt, ich muss ihn davon überzeugen, dass ich das Zeug zu diesem Job habe, und zwar so schnell wie möglich.

Ich wasche und schamponiere meine Haare in Rekordzeit. Einmal draußen und in ein Handtuch gewickelt, wische ich den Dampf vom Spiegel und starre mein Spiegelbild an. Schwarze Haare kleben an meinen Schultern. Die grünen Augen, die mich anstarren, sind zu groß für mein schmales Gesicht.

Jetzt oder nie. Aber ich habe eine Geheimwaffe. Nachdem ich sie angezogen habe, öffne ich die Tür und halte inne, um in der Türöffnung zu posieren. Ich habe die Zeit richtig getimt - Lincoln ist immer noch da, die Augen leer auf dem Fernsehschirm gerichtet.

Er ist ein großer Mann. Jung, stark, gut aussehend. Er hält die Welt in seiner Hand. Aber ich habe die eine Sache, die er nicht hat. Die eine Sache, die er braucht. Eine Muschi.

Ich lasse das Handtuch fallen.

Lincolns Augen schließen vom Fernseher in meine Richtung und starren mich an.

"Ich denke, Sie sollten die Waren anprobiert sehen, bevor Sie mich nach Hause bringen." Ich schlendere zu ihm rüber, ertrinke in seinem Blick. Ich trage einen fast durchsichtigen Stringtanga und mein Stripper-BH. Im Gemischtwarenladen gab es nichts, was sexy war. Wahrscheinlich ist es eine gute Sache. Ihre Vorstellung von sexy Unterwäsche könnte rosa kariert sein.

Ich bewege mich vor dem Fernseher, und Lincoln versucht nicht mal, seinen Blick von mir abzuwenden. Ich tue so, als ob die Sportnachrichtensendung Clubmusik wäre, und beginne zu tanzen.

Das ist meine Show. Ich habe das Sagen, schwanke vor ihm, tauche tiefer ein und schwenke meine Hüften. Ich hatte den Stripperinnen dabei zugesehen, wie sie vor den Möchtegern-Oldies im Clubhaus der Hell Riders tanzten. Seine grünen Augen verfolgten meine Bewegungen. Er hält den Atem an.

Ich bin vielleicht kein richtiger Stripper-Material, aber Lincoln ist wahrscheinlich schon lange nicht mehr mit einer Frau zusammen gewesen. Was für eine Schande. Die scharfen Kanten seines Gesichts sind perfekt, selbst unter dem wilden Bart. Seine Muskeln fühlen sich fest unter meinen Händen an. Ein Mann wie er sollte von einer Frau oft angebetet werden.

Ich klettere auf seinen Schoß und spreize ihn ein wenig, die Knie auf dem Bett, meine Beine über seine kräftigen Oberschenkel gestreckt. Seine großen Hände gleiten sofort auf meinen Rücken und stützen mich, aber er rührt sich sonst nicht und versucht nicht weiter zu gehen. Kein Problem. Ich habe das hier im Griff.

Auf die Entfernung sieht Lincoln wie ein Meisterwerk aus, das darauf wartet, genossen zu werden. Ich rolle meinen Körper gegen seinen und lasse meine Hände die schlummernde Kraft seiner muskulösen Arme, seiner soliden Brust, seiner breiten Schultern erforschen. Unter meinen Fingern, wo immer ich ihn berühre, fühle ich bloß die pure Kraft und seine Anspannung. Ich verliere mich in ihm.

Dann bringe ich meinen Kopf nahe an sein Gesicht und neige ihn etwas, um zu sehen, wie wir beim Küssen zusammenpassen würden. Mein Mund schwebt über seinem, und doch sind meine Lippen außer Reichweite. Unser Atem vermischt sich bereits miteinander.

Eine Sekunde später hebt er sein Kinn an und neigt sein Gesicht nach oben, um mir entgegenzukommen. Eine kaum wahrnehmbare Bewegung, aber die sagt mir alles, was ich wissen muss. Ich habe ihn in meinem Bann. Ich erhebe mich und drehe mich um, setze meinen Hintern auf seinen Schoß und kreise im stillen Takt. Ich lehne mich zurück, als wäre er mein Sessel, mein kleiner Körper über seinen mächtigen Rahmen drapiert, und reibe meinem weichen Arsch an seinem Schwanz. Er wird noch größer. Ein Monster.

Ich wirble noch einmal herum und knöpfe seine Jeans geschickt auf. Jack war oft betrunken oder high, wenn wir es miteinander getrieben haben - ich habe viel Übung darin, die Jeans eines Mannes gerade so weit auszuziehen, dass ich ihn reiten kann. Lincolns Bauchmuskeln ziehen sich zusammen, während ich eine Hand hineinschiebe und nach seiner Größe forsche. Meine Güte, er ist mehr als eine nette Handvoll. Ich versuche es, aber ich kann meine Finger nicht um seine Dicke legen. Mein Geschlecht kribbelt erwartungsvoll, während mein Körper sich darauf vorbereitet, ihn aufzunehmen.

"Sierra-" beginnt er. Bevor er jedoch einen Gang zurückschalten kann, halte ich seinen Mund mit meinem auf. Ich greife ihn praktisch an und werfe meinen ganzen Körper in den Kuss. Sein dicker Schwanz zuckt in meinem Griff, während ich mich mit der anderen an seinen Hals klammere und seine Lippen an meine halte. Ich drücke gegen ihn, presse mich so lange an ihn, bis er sich mit einem Stöhnen zurücklehnt. Ich ziehe meine Hände lange genug weg, um sein Hemd aufzuknöpfen und seine warme Unterwäsche zu entsorgen.

Ich bin fast nackt, jetzt ist er an der Reihe. Ich will sehen, womit ich es zu tun habe. Er hilft mir, indem er das Hemd vollständig auszieht. Seine Arme fallen um mich herum, er fesselt mich, hält mich aber nur fest, ohne Druck auszuüben. Er keucht, sein Kiefer bewegt sich, als ob er etwas zurückhält, was er sagen will.

Er bietet mir einen Ausweg. Ich lege die Stirn an seine und wälze mich gegen ihn, faul und einladend. Mein Geschlecht drückt stärker an seines. Ich bin nass, rutsche über das grobe Haar um seine schwere Länge. Ein paar Zentimeter, und schon ist er in mir.

Er greift nach etwas - seiner Tasche. Ich verziehe verwundert das Gesicht, während er mit den Fingern nach etwas sucht.

"Kondom", informiert er mich. Ich nicke und ziehe schnell mein Höschen aus, während ich selbstgefällig beobachte, wie er sich umhüllt. Dies geschieht gerade tatsächlich.

"Psst." Ich beseitige seine unausgesprochenen Zweifel. "Lass mich auf dich aufpassen." Seine Hüften strecken sich nach oben und suchen mich. Es ist zu spät, jetzt aufzuhören. Ich erhebe mich ein wenig, deute auf meinen nassen Eingang und bewegen mich wieder hinunter.

Ein Stöhnen entweicht ihm. Ich hatte Recht. Es war eine lange Durststrecke für ihn. Ich winde mich ein wenig und gewöhne mich langsam an seinen Umfang. Er ist groß, dehnt mich ziemlich, was etwas unangenehm ist. Aber es ist nicht so schlimm, wie es sein könnte, wenn ich nicht so nass wäre. Ich habe seit Jack keinen Mann mehr in mir gehabt ... aber dies ist nicht der richtige Zeitpunkt, um an Jack zu denken.

Wir schaukeln langsam zusammen, unsere Augen sind weit geöffnet. Es ist wie ein Gespräch zwischen Fremden. *Hallo, wie geht es dir, gefällt dir das? Wie wär's, wenn ich dich jetzt berühre? Hier ... oder hier? Sag mir, was dir gefällt.* Unsere Hüften richten sich aus, bewegen sich im leichten Rhythmus gegeneinander. Unsere Körper werden schnell zu Freunden.

Ich schließe meine Augen und gebe mich der Empfindung hin. Da ist wieder ein Mann unter mir, aber er ist nicht wie Jack. Jack war ein erwachsener Junge, albern und heroindünn. Lincoln ist ein ganzer Mann, sein Körper fest und kraftvoll unter meinem. Er umarmt meinen Hintern und bedeckt ihn mit seinen großen Händen. *Du bist jetzt in Sicherheit, bei mir. Ich werde dich beschützen. Niemand dringt durch mich zu dir durch.* Ich kenne ihn seit etwas mehr als zwei Stunden und ich habe das stille Versprechen schon gehört. Ich möchte es so gerne glauben ...

Fleisch klatscht gegen Fleisch. Das Gespräch unserer Körper wird intensiver, die Sätze knapper. *Schneller, härter. Jetzt. Bitte!*

Mein Orgasmus schlägt zu und flitzt mir die Wirbelsäule auf. Ich versteife mich und falle gegen ihn. Er stöhnt und stößt in mich hinein, einmal, zweimal, und explodiert tief verwurzelt in mir. Wir lassen uns zusammenfallen, ein Wirrwarr von Gliedmaßen auf dem billigen, klapprigen Bett.

Ich stehe zuerst auf und streiche mein nasses Haar zurück. Lincoln bewundert die Röte auf meiner Brust und in meinen Wangen. Ich bin kein magerer Wohltätigkeitsding mehr. Ich bin eine verdammte Sexgöttin, und das weiß er.

Eine tiefe Furche erscheint zwischen Lincolns schweren Brauen, als er mich betrachtet. Ich grinse und rümpfe die Nase ein wenig, als wollte ich sagen: *Damit hast du nicht gerechnet, didja?*

Nein. Sein eulenartiger Blick verrät es mir. Ein Muskel

zuckt in seinem Kiefer - ein unwilliges Lächeln, dann gibt er nach, rollt den Kopf zurück und lacht, weiße Zähne strahlen gegen seinen dunklen Bart. Während das fröhliche, unbekümmerte Geräusch den Raum erfüllt, gehe ich ins Badezimmer und stolziere wie ein Verkäufer, der gerade das Geschäft seines Lebens abgeschlossen hat.

2

S ierra

LINCOLNS LASTWAGEN TRIFFT auf ein Schlagloch und schaukelt mich wach. Ein guter Fick, eine Dusche, eine warme Mahlzeit nach einem langen Monat auf der Flucht - ich hatte gegen die Müdigkeit keine Chance. Ich erinnere mich kaum daran, dass ich auf die Straße abgebogen bin, die aus der Stadt herausführt.

Schlafen Sie, flüstert die aus den Lüftungsschlitzen wehende Hitze. *Sicher,* sagen Lincolns große Hände am Lenkrad.

"Entschuldigung", murmelt der Mann und fährt mit dem Lastwagen um schlammige Krater herum. Der Bürgersteig ist so schlecht, rissig und kaputt von eisigen Wintern, dass wir genauso gut im Gelände sein könnten.

"Schon gut", seufze ich und schließe meine Augen wieder. Ich habe mich seit über einem Monat nicht mehr so wohl gefühlt. Vielleicht auch länger. Es ist seltsam, dass mich keine Angst mehr packt. Seit Wochen treibt sie mich voran, bringt mich durch die harten schlaflosen Nächte, die langen Busfahrten, während ich meinen Rucksack wie ein Schutzschild mich klammere. Ich habe diese Angst gegessen, getrunken, geatmet. Es war meine Energie, Muskeln und Knochen, die mich zusammenhielten. Jetzt, als wir auf eine lange Holzfällerstraße einbiegen, lockert sie ihren festen Griff ein wenig, aber ich brauche ihn immer noch.

Ich habe es tatsächlich getan. Ich habe den Job bekommen. Ich bin der neue 'Entertainer' für eine Mannschaft von lüsternen Holzfällern. Acht Männer, stark und stramm wie Paul Bunyan. Jede Nacht, sieben Tage die Woche. Einmal täglich, sonntags zweimal.

Übelkeit umklammert meinen Magen. Ich drücke meine Stirn an die kalte Autoscheibe und atme vorsichtig ein und aus.

"Geht es dir gut?"

"Bin einfach nur etwas reisekrank."

Er streckt einen Arm über meinen Sitz und drückt die Handkurbel, um mein Fenster ein wenig zu öffnen. Wie süß. "Wir sind fast zu Hause."

Ich nicke und wende meinen Kopf Richtung der frischen Luft.

Lincolns quadratischer Kiefer verkrampft sich eine Weile, bevor er endlich spricht: "Du musst es nicht tun ... bei uns allen. Es ist deine Entscheidung. Ich werde nicht zulassen, dass sie dir wehtun."

"Es ist okay." Er versucht, nett zu sein, aber es ist unmöglich, dass die Hälfte der Jungs außen vor bleibt, während ich der anderen Hälfte sexuelle Gefälligkeiten erweise. Lincoln wird einen Krieg riskieren, den er nicht gewinnen wird. Die Sieger werden sich die Beute teilen.

Und ich bin die Beute.

Es wird sowieso besser sein, als eine süße Schlampe in einem schäbigen MC-Clubhaus abgeben zu müssen. Zumindest werde ich für meine Arbeit bezahlt.

Den Rest des Weges verbringen wir schweigsam. Der Lastwagen fährt über ein paar gewaltige Schlaglöcher, bevor er auf einen Parkplatz abbiegt, der zu einem schlammigen Hof gehört. Eine hohe Mauen und ein Gitterzaun umgeben ihn. Gewickelter Stacheldraht überdeckt die Mauer - um Leute draußen oder drinnen zu halten?

Innerhalb der Mauern kauern schlammspritzende Holzschlagmaschinen wie unbeholfene Insekten. Ein paar Arbeiter gruppieren sich um den Rücken einer dieser Maschinen und drehen sich um, während wir vorbeirollen. Ein neugieriges Gesicht, umrahmt von einem buschigen roten Bart, ragt aus einem Lkw-Fahrerhaus hervor, aber ich schrumpfe auf dem Sitz zurück, bevor er mich genau ansieht.

Davor steht ein langes, niedriges Gebäude mit einigen wenigen ATVs, die vor dem Gebäude geparkt sind. Lincoln führt sein Fahrzeug bis zum Ende der Linie, stellt den Motor ab und nimmt die Schlüssel in die Hand. Ein Ruck geht durch mich hindurch - Lincolns Lastwagen ist mein einziger Weg raus oder rein. Ich kann mich hier vor den Fahrern verstecken, aber nicht vor den acht Männern, die mich in den nächsten Monate in ihren schwieligen Händen halten werden. Ich schlucke hart, mein Mund ist plötzlich trocken. Was habe ich getan?

"Bleib im Wagen. Ich öffne dir die Tür." Lincoln schnappt sich seinen eigenen Seesack und die wenigen Plastiktüten, die von unserem Einkaufsbummel im Gemischtwarenladen übriggeblieben sind.

Ich fange dennoch an, an meiner Tür zu hantieren, nur

um das Gefühl zu haben, etwas Kontrolle zu behalten. Beinahe hätte einen stämmigen, dunkelhaarigen Kerl getroffen, der neben dem Lastwagen herläuft.

Er schaut mich an - gebräunte Haut, dunkle Augen und pralle Lippen, die viel zu sinnlich für seinen rauen Spitzbart sind - und geht weiter, wirft mir einen bösen Blick entgegen, bevor er im Gebäude verschwindet.

Heilige Hölle, was macht diese Holzfäller so attraktiv? Das muss die ganze frische Luft sein. Rasiere dir den jämmerlichen Bart, schäum das seidige dunkle Haar, schrubb dir den Schlamm vom Körper ab, und schon bist du bereit für ein GQ-Fotoshooting. Diese Wangenknochen! Schade, dass er sie unter der Gesichtsbehaarung versteckt.

"Das ist Mason", sagt Lincoln an meiner Seite, und ich zucke erschrocken zusammen, mir entkommt der gesamte Atem. Ich ducke meinen Kopf und schüttle mein Haar über errötende Wangen, um meine Reaktion auf das gute Aussehen und den anmutigen muskulösen Körper von Mason dem Filmstar zu verbergen.

"Er mag keine Menschen. Kümmere dich nicht um ihn." Lincoln streckt eine Hand aus, und ich ergreife sie, bevor ich hinunterspringe und meine neuen Stiefel im Schlamm taufe.

Mason, Mason, Mason, Mason, singe ich im Sprechchor, während wir zur Tür gehen. Einer der acht. Zu spät, um einen guten ersten Eindruck bei ihm zu hinterlassen. Nicht, dass ich mit dem, den er erzeugt hat, mithalten könnte.

Im Inneren des Gebäudes befindet sich ein kleiner Saal - ein langer Tisch, der von acht Stühlen umgeben ist. Jenseits des Tisches führt eine Halle zu mehreren geschlossenen Türen. Es gibt keine Spur von Mason.

Zwei Typen kommen uns aus der Halle entgegen. Ich winke ihnen frech zu. Der eine stupst den anderen mit seinem Mund an und flüstert: "Frischfleisch." Ich trete zurück, folge Lincoln nach links, in eine Kombüse voller Wärme und klappernden Pfannen. Ein massiver Kerl mit rasiertem Kopf und mitternächtlicher Haut bemannt den Herd und rührt den Inhalt eines Topfes um, in dem ich locker Platz nehmen könnte.

"Glück gehabt?", fragt er, und Lincoln tritt zur Seite, um mich zu zeigen.

"Hallo." Begrüße ich ihn und jedes weitere Wort stirbt mir in der Kehle, als der große Kerl mich abscannt und zurück zu seinem sprudelnden Eintopf schaut, ohne den Gesichtsausdruck zu verändern.

"Saint, das ist Sierra", informiert ihn Lincoln. "Sie wird eine Weile bei uns bleiben."

"Ich wusste nicht, dass wir ein Hotel sind." Der große Kerl, Saint, hebt die Kelle und kostet die Brühe, und gießt den Rest wieder hinein. Mit einer Hand, die fünfmal so groß ist wie meine, fügt er eine Prise Würze hinzu. sein Gesicht noch ausdruckslos gewischt.

"Sie wird sich ihren Unterhalt verdienen. Genau wie du. Wie wir alle." Lincoln starrt den riesigen Kerl an, als würde er ihn zum Streiten herausfordern. Mutiger Zug. Ich glaube nicht, dass ich bei einem Faustkampf gegen den Großen wetten würde. Er hat ungefähr die Größe des kommerziellen Kühlschranks in der Ecke.

Achselzuckend kehrt uns Saint den Rücken zu.

"Komm schon." Lincoln führt mich aus der Küche. Strike zwei. Meine Knöchel werden weiß um den Gurt meiner Tasche, und ich zwinge ein Lächeln auf mein Gesicht, als wir zurückgehen, um den Rest der Jungs gegenüberzutreten. Einen dritten Strike kann ich mir nicht leisten.

Von jedem Eingang strömen Männer in den Hauptraum. Große, bärtige Kerle, die einen turmhohen Wald um mich herum bilden. Ich lehne mich an den Tisch und lasse meine Tasche aus den müden Armen purzeln. Ich hoffe, es gibt bald Abendessen. Diese Männer sehen mich an, als seien sie hungrig, und ich bin ihre Mahlzeit.

Drei von ihnen trampeln von außen herein. Noch mehr große Kerle, so groß wie die Tür und endlosen Muskeln. Sie müssen jeden Tag damit verbringen, Bäume an den Wurzeln zu entreißen und sie über den Knien in zwei Hälften zu brechen. Oder was auch immer Holzfäller tun.

Sie treten herein und umgeben mich, hoch wie Bäume. Ihre abgeschnittenen Ärmel zeigen Bizepse, die an Holzstämme erinnern. Lincoln hat nicht gelogen, als er sagte, dass die Crew aus Typen wie er bestünde. Ich habe mich im Wald verirrt.

"Wer ist das?", fragt einer. Der Rothaarige. Auf der anderen Seite von mir steckt ein identischer Rotschopf - der dem ersten dermaßen gleicht, dass ich sicher bin, dass es sich um eine Reflektion eines Spiegels handelt. Er streckt einen Finger aus, um den Rand meiner Kapuze nachzuzeichnen. Der Duft der freien Natur umspült mich, frisch und sauber und belebend. Ich schrumpfe in meiner Kleidung.

"Hey", schnauzt Lincoln die Neuankömmlinge an. "Wischt euch die Stiefel ab."

"Ach, Mama", jammert die Rothaarige. Er stapft mit seinem stummen Doppelgänger zurück, und ich kann wieder aufatmen.

Währenddessen kommt einer der Jungs aus der Halle näher. Ein großer Kerl mit schmutzigen blonden Kurt Cobain-Locken. Die tätowierten Schläger-Arme stellen großen Kontrast zu seinen weißen Ärmel.

"Hallo", sage ich und strecke meine Hand aus. "Ich bin Sierra."

"Sierra", entgegnet er und umgeht den Händedruck, indem er mich in eine Umarmung zieht. Dadurch bringt er mich auf Augenhöhe mit einer Schädeltätowierung. Da kommt eine Schlange aus einer Augenhöhle; sie windet sich, während sein Bizeps sich bewegt. "Ich bin Jagger."

"Jagger", teil ihm Lincoln mit. "Sierra hat zugestimmt, die Saison bei uns zu verbringen."

"Mmmm", Jagger zieht mich näher an sich. Er muss einen Hammer in der Tasche haben, denn der Griff sticht mir gerade ins Bein. Entweder das, oder er weiß ganz genau, warum ich wirklich hier bin.

"Das reicht jetzt", entgegnet Lincoln. "Sie ist gerade erst angekommen, hat noch nicht mal alle kennen gelernt. Lasse ihr etwas Freiraum."

"Natürlich", bestätigt Jagger, aber er hält einen Arm um meinen Hals. Er legt anscheinend keinen großen Wert auf persönlichen Freiraum. "Mach euch bekannt miteinander. Ich werde dir helfen. Das sind Roy und Tommy." Er zeigt auf zwei Typen und dreht mich bereits um, bevor ich ihre Gesichter sehen kann. "Und das sind die Zwillinge."

Die beiden Rothaarigen an der Tür richten sich auf und ich blinzle und sehe dennoch doppelt.

"Elon und Oren." Jaggers Finger deutet von einem zum anderen. "Irischer Vater, jüdische Mutter. Sind sie beschnitten? Ich schätze, du wirst es selbst herausfinden."

Er versucht, mich wieder herumzuzerren, aber ich starre immer wieder die eineiigen rothaarigen Zwillinge an. Es muss einen Weg geben, sie voneinander zu unterscheiden.

Einer hat ein kleines Muttermal in der Nähe seines rechten Auges, oberhalb seines Bartes. "Wie heißt du noch mal?" frage ich, und als der Typ mit dem Muttermal auf sich zeigt und mir schüchtern antwortet, merke ich es mir. *Oren*. Es ist egal, ob er das Spiegelbild seines Bruders ist. Er ist einer der acht, und ich werde einen guten Eindruck hinterlassen.

"Du bleibst bei uns?" fragt Elon. Seine dunkelblauen Augen werden von extra langen Wimpern umrahmt.

"Ja. Ist sie nicht süß? Sie ist so klein", antwortet Jagger für mich, wie ein Gott, der sein Taktgefühl verlor.

"Keine Sorge, es gibt genug von mir für alle", sage ich zu der Versammlung.

"Huh", grunzt jemand aus der Richtung der Küche. Heiliger.

"Sie wird reichen." Jagger grinst, als gehöre ich ihm. Er legt seinen Arm um meine Schultern und hebt meinen Rucksack auf. "Ich zeige dir dein Zimmer."

"Ich auch", rufen die beiden Zwillinge zusammen.

"Nope." Saint zeigt mit einem Kochlöffel auf einen von ihnen. "KP kocht."

"Du kochst heute Abend?" fragt Jagger den großen Mann.

"Yep. Gumbo."

"Fantastisch. Bringt etwas Fleisch auf ihre Knochen." Jagger umarmt mich wieder von der Seite und ich rolle mit den Augen. Ich ducke mich unter seinem Griff und richte mich auf, gerade als Lincoln zu einem der Zwillinge sagt: "Sie kann heute Abend tanzen, aber mehr nicht. Erst wenn sie zum Arzt geht."

Ich schlucke meine Erwiderung zurück und bin dankbar für die Gnadenfrist von einer Nacht. Den geilen Blicken nach zu urteilen, die ich von den Zwillingen und Jagger bekomme, werde ich für eine Weile keine Nacht frei haben. Es sind acht Typen hier, und ich bin die einzige Frau im Umkreis von Meilen.

Gerade dann stolpert Mason herein und betrachtet mich, als ob ich Schlamm unter seinen Stiefeln wäre.

Streicht das. Mason wird mich wahrscheinlich nicht anfassen, selbst wenn ich ihn dafür bezahle.

Jagger wirft seinen Arm wieder um mich herum, und seine Erektion schafft es, sich in meinen Oberschenkel zu bohren. Wahrscheinlich bekomme ich sie zweimal in seiner Nacht.

Ich schüttle Roy und Tommy die Hände - nette Jungs, die zu höflich sind, um mich zu ignorieren - und werfe einen weiteren Blick auf Mason. Er sagt etwas zu Saint und fährt mit der Hand durch seinen rabenschwarzen Haarschopf. Schatten fallen auf die Vertiefungen unter seinen Wangenknochen. Es ist einfach unmöglich. Es sieht aus, als wären seine Wangenknochen mit erstklassigen Make-up überzogen. Kein Mann sollte so hinreißend aussehen.

Aber er ist es. Und er sieht mich an, als würde er mich hassen.

"Mason, darf ich vorstellen ..." Jaggers Stimme bricht an, als Mason ihn grob zu Seite schubst und den Raum verlässt. Wir alle beobachten, wie er sich zurückzieht.

Ich finde meine Stimme wieder. "Wer hat in seine Kornflakes gepinkelt?"

Oren würgt und Jagger grinst. Bis jetzt habe ich noch nie einen Mann albern grinsen gehört.

"Mason hasst Frauen", erklärt mir Jagger.

"Das ist okay." Ich verschränke meine Arme über meiner kleinen Brust. "Er muss mich nicht mögen, um seinen Schwanz gelutscht zu bekommen."

"Ah, unsere Sierra, frisch wie die Bergluft." Jagger lächelt wie ein stolzer Papa. "Lass uns die Tour beenden."

Der Rundgang besteht darin, dass Jagger mich von Zimmer zu Zimmer schleppt, während Elon uns wie ein Welpe folgt.

"Das ist die Kantine. Und das ist das Unterhaltungszentrum." Er zeigt auf ein paar Liegestühle und eine Couch, die vor einem riesigen Fernseher aufgestellt sind. "Wir haben nicht viele Kanäle, also gibt es auch nicht allzu viel Unterhaltung. Aber ich schätze, deshalb haben wir jetzt dich." Jagger stößt mich mit dem Kopf an, und ich begegne seinem faden Blick. Wenn ihm das, wofür ich hier bin, nicht peinlich ist, wird es mir auch nicht peinlich sein.

"Das bin ich wohl", witzelte ich. "Euer ganz persönliches Sexspielzeug."

Der arme Elon errötet bis zu seinen roten Haarwurzeln. So wie er und sein Bruder erglühend und mich anstarren, frage ich mich, ob sie Jungfrauen sind. Vielleicht sind sie nur super unerfahren.

"Hier befinden sich einige der Schlafzimmer." Jagger führt mich einen langen Flur entlang. Das Gebäude ist L-förmig aufgebaut, mit der Küche und der Haupttür am Ellbogen. "Und ..." Er wirft eine Tür zu einem Badezimmer im Schlafsaal-Stil auf, mehrere Urinale und Duschkabinen reihen sich hintereinander auf.

"Schön, nicht wahr?" sagt Jagger stolz. "Die meisten Lager haben Toiletten und Duschen in einem separaten Gebäude, wie an einem Campingplatz. Aber Lincoln ließ es von der Firma nach seinen Spezifikationen bauen. Die Firma wollte ihn unbedingt als Leiter", erklärt Jagger. Er geht den Flur hinunter und zeigt auf die einzelnen Türen. "Normalerweise gibt es nur Baracken, aber wir haben auch separate Schlafzimmer. Mehr Privatsphäre." Grinsend schwingt er eine der Türen auf. "Dieser Raum gehört mir."

"Großartig", murmle ich. Überall im dunklen Raum sind Kleider und Sachen verstreut. Über allem schwebt der verräterische Moschus von Marihuana, der meinen Verdacht bestätigt: Jagger ist das Holzfälleräquivalent eines College-Kiffers.

Die Tür gegenüber der von Jaggers Raum ist halb offen. Roy und Tommy halten mitten im Gespräch inne, um mir ein höfliches, aber verhaltenes Lächeln zu schenken. Ich nicke ihnen zu und wende mich an meine Führer.

"Wo ist mein Schlafzimmer?"

"Anderer Flügel. Aber meine Tür ist immer offen." Jagger sprintet den Weg zurück, den wir gekommen sind.

Mein Zimmer liegt am anderen Ende des zweiten Saals. Ein Doppelbett, Betonboden, eine zerbeulte Kommode. Der ganze Charme eines leeren Schlafsaals.

"Gemütlich." Meine Stimme hallt ein wenig wider. Jagger legt meine Tasche auf das Bett. Elon holt Laken und eine Decke – noch mehr verblasste Karomuster - und ich danke ihm. Ich setze mich auf das Bett und hüpfe und teste die Federn. Nicht, dass das wichtig wäre. Es ist viel bequemer als eine Tür in einer Gasse.

"Willst du jetzt abhängen oder ein Nickerchen machen oder so?" fragt Jagger und schwebt über mir.

"Nickerchen", sage ich entschieden. Er sieht enttäuscht aus, geht aber ohne Protest und schließt die Tür leise zu.

Ich schließe meine Augen und hänge wieder auf dem Bett durch. Trotz des Mittagsschlafs im Auto könnte ich noch weitere hundert Jahre schlafen. Wenigstens schwankt mein Magen nicht wie ein Fisch. Die mysteriöse Krankheit scheint durch Essen geheilt worden zu sein.

Ich döse einen Moment, bevor ich mich wieder rege. Nur weil ich die Jungs getroffen habe, bedeutet das nicht, dass mein erster Arbeitstag vorbei ist. Lincoln hab ich im Sack, Jagger und die Zwillinge wollen mich offensichtlich ficken, aber Mason will es definitiv nicht. Saint, Tommy und Roy sahen auch zwiespältig aus. Es besteht eine fünfzigprozentige Chance, den Job zu behalten, und diese Quote gefällt mir nicht.

Ich bin fast in Sicherheit, hundert Meilen vom Territorium der Hell Riders entfernt. Hundert Meilen weit weg von allem. Ich kann jetzt nicht mehr zurück. Meine Knochen schmerzen bei dem Gedanken an einen weiteren Schritt.

Ich muss diesen Job behalten.

Nachdem ich meine Haare mehrmals gebürstet und meine Kleidung geglättet habe, gehe ich zurück in den Gemeinschaftsraum. Den Flur hinunter hallen Stimmen, laut und männlich.

Mason steht mit ausgebreiteten Armen vor Lincoln. Auch wenn ich das Argument nicht hören konnte, konnte ich an Lincolns straffem Kiefer erkennen, dass er es Scheiße findet.

"Das ist beschissen", spuckt Mason. "Ich weiß, du wolltest eine Frau, aber sie? Sie gehört in ein Resozialisierungszentrum. Die Muschi ist wahrscheinlich so voller Krankheiten ..."

"Wenn du hinter meinem Rücken über mich sprechen willst", ließ ich meine Stimme erklingen, "stell vorher sicher, dass ich den Raum verlassen habe."

Mason versteift sich, als hätte ich ihn berührt. "Wir brauchen keine Junkie-Hure."

"Ich bin keine Hure. Huren werden bezahlt."

"Du wirst nicht bezahlt?" Jaggers Stirn wirft Falten.

"Ich werde fürs Tanzen bezahlt", betone ich. "Alles andere gebe ich umsonst aus." Ich drehe mich zu Mason um und fahre kühl fort: "Komm mir blöd und du bekommst nichts." Ich schaue zu Lincoln, um zu sehen, ob er mir Rückendeckung gibt.

Er nickt. "So ist es. Für Sex zu bezahlen ist illegal. Aber alles, was nach dem Tanz passiert, ist zwischen einwilligenden Erwachsenen."

"Mach dir keine Sorgen", sage ich zu Jagger, der aussieht,

als hätte jemand Weihnachten abgesagt. "Ich habe vor, Gefälligkeiten gleichmäßig zu verteilen. Ich mag Männer, und ich mag Sex."

Mason öffnet den Mund, aber dann donnert Saint an ihm vorbei zum Tisch, setzt etwas ab und schubst mich zu sich. Er holt einen Stuhl heraus, und ich setze mich automatisch.

"Du bist zu dünn", rumpelt er.

Keine Sorge, mein Großer, ich kann dich trotzdem aufnehmen. Will ich entgegnen, als der Dampf aus der Schüssel auf meine Nase trifft. Mein Mund füllt sich mit Speichel, und mein Magen zieht sich zusammen.

Saint wirft einen Löffel neben meiner Hand hinunter. "Iss", befiehlt er.

Er muss es nicht noch einmal sagen. Ich schaufle mir Essen in den Mund, nicht nur, weil ich hungrig bin, sondern weil Saint mit verschränkten Armen über der Brust hinter mir auftaucht und mich anstarrt.

"Ich habe ihr Frühstück gemacht", verteidigt sich Lincoln.

"Ich habe einen schnellen Stoffwechsel", murmle ich mit vollem Mund. "Verdammt, ist das gut." Die Brühe ist nur einen Hauch scharf, es gibt Wurst und Gemüse und Reis. Dafür würde ich meinen Körper verkaufen, oh ja, das würde ich.

"Iss mehr." Saint legt seine Hand auf meinen Nacken - nur für einen Moment, aber es liegt sehr viel Behutsamkeit in seiner Berührung.

"Wow", sagt Jagger, als Saint zurück in die Küche verschwindet. "Er mag dich."

"'Weil er mich gefüttert hat?"

"Das, und er hat dich nicht aufgehoben und hinausgeworfen", erwidert Lincoln nachdenklich. Mason grunzt und stolpert zurück in sein Schlafzimmer.

"Weißt du, warum man ihn Saint nennt?" fragt Jagger. "Er spielte Football im College in Louisiana. Gerüchten zufolge war er in der Top-Auswahl, um Profi zu werden, aber er beendete sein Studium und kam stattdessen in den Norden. Der schnellste Kerl hier in der Gegend. Macht Gumbo, wenn er gut drauf ist, und wenn wir Glück haben, teilt er es mit uns."

"Und Du?" frage ich. "Heißt du wirklich Jäger?"

"Ich habs eben drauf."

Ich rolle mit den Augen.

"Im Ernst. Ich tanze mit dir, wenn du willst."

"Ich werde darüber nachdenken." Wir sprechen über Musik, als sich der Raum füllt.

Obwohl Jagger es so aussehen lässt, als ob Saint mit dem Produkt seines kulinarischen Genies geizt, schöpft der große Kerl großzügige Gumbo-Portionen auf ihre Teller. Oren serviert Teller mit Keksen. Ich sehe mit großen Augen zu, wie jeder der Jungs etwa zwanzig Stück isst. Sowohl Lincoln als auch Elon opfern von ihrem Haufen einige, um mir ein paar auf den Teller zu legen. Sie sehen mich nur wortlos an, als ich protestiere, aber ich bin tatsächlich satt.

Am Ende des Essens fühle ich mich in der Nähe der großen Jungs wohl. Meistens behandeln sie mich wie einen Freund oder wie die kleine Schwester ihres besten Freundes. Jagger teilt sich seine Cola mit mir und ich veranstalte mit ihm einen Rülpswettbewerb. Sogar Saint macht mit. Alle außer Mason, der auf seinem Gesicht den ständigen Ausdruck des Ekels trägt.

"Ich habe eine Idee", schnurrt er mit verdunkelten Augen in meine Richtung. Er balanciert auf den hinteren Beinen des Stuhls. "Warum gibt uns Sierra nicht eine Show?

Nur eine kleine Kostprobe von dem, wofür wir letztendlich bezahlen", fügt er hinzu, bevor Lincoln ihn daran erinnern kann, dass ich erst nach dem Arzttermin mit der Arbeit beginne.

Die Jungs fangen an zu protestieren, dass ich gerade erst angekommen bin, als ich eine Hand hochhalte. "Ich muss dich warnen, ich bin wirklich voll. Ich habe ein Baby, das ich ernähren muss." Ich klopfe mir auf den Bauch.

"Das ist heiß", murmelt Jagger.

"Aber ich denke, es ist eine großartige Idee, Mason", sage ich süß. "Lass mich nur schnell umziehen."

Als ich an ihm vorbei gehe, gebe ich seinem Stuhl einen kleinen Schubs. Um sein Gleichgewicht zu halten, muss er die Vorderbeine hart absetzen. Ich verberge mein Grinsen. Mason zu ärgern ist mein neues Lieblingshobby.

Hinter der geschlossenen Tür meines Schlafzimmers reibe ich mein Gesicht und versuche, meinen Herzschlag zu beruhigen. Dies geschieht gerade wirklich. Ich stolziere da draußen in meiner Unterwäsche und gebe ihnen eine Show. Dafür habe ich mich angemeldet, und ich werde jetzt keinen Rückzieher machen.

Ich muss das Gruppeninterview nur noch bestehen. Ich bin nicht so naiv zu glauben, dass Mason die Jungs noch immer nicht überzeugen konnte, mich zurückzuschicken. Also muss ich meine Show präsentieren und sicherstellen, dass sie das Beste ist, was sie je gesehen haben.

Ich bin meilenweit die einzige Frau hier. Wie schwer kann das sein?

Als ich den Gruppenraum wieder betrete, dreht sich jeder um, um zuzuschauen. Unter dem Tisch stehen in den verblichenen Arbeitshosen bereits etliche Zelte. *Ziemlich hart alle. Aber so gefällt es mir.*

Irgendein Witzbold hat die Lichter heruntergedreht, bis

auf eines, das wie ein Scheinwerfer auf einen Raum neben dem Tisch leuchtet, weit genug, damit mich alle sehen können. Ich bleibe in der Mitte der behelfsmäßigen Bühne stehen und streiche mit den Händen über den Schweif meines Hemdes.

Jetzt oder nie.

Ich rocke das hier.

Ich zeige auf Jagger, und er macht die Musik an. *Intoo You* von Ariana Grande. Gutes Lied. Ich rolle meine Schultern zurück, schließe meine Augen und beginne, zur Musik zu schaukeln. Meine Finger spielen mit den Knöpfen meines neuen Hemdes. Ich trage ein kariertes von Carhartt über meinem besten BH und Höschen, und sonst nichts. Mein kleines Stripper-Outfit mit Holzfäller-Motiven. Mir fehlt nur ein Paar Timberland-Stiefel und es wäre nahezu perfekt.

Ich knöpfte mein Hemd auf und lasse meine Hüften im Takt schwingen, zucken und eintauchen, sodass die Jungs unter dem roten Karo einen kleinen Blick auf meine Haut werfen konnten. Dann kommt der Refrain, und ich werfe meinen Kopf zurück, ziehe das Hemd aus und schwinge es um meinen Kopf, bevor ich es auf Mason werfe. Er fängt es auf, bevor es ihn ins Gesicht trifft. Flinker Wichser.

Ich stolziere zum Tisch hinüber, meine Augen auf Lincoln gerichtet. Er beobachtet mich misstrauisch, wie ich seine Schultern ergreife, mich auf seinem Schoß spreize, ihm meine kaum bekleideten Brüste ins Gesicht stecke und kreisend herumwirble. Um uns herum johlen die Jungs. Ein Lächeln verziert mein Gesicht, und Lincoln entspannt sich, seine Hände gleiten meinen Rücken hinauf. Ich nehme einen Keks, stecke ihn in meinen Mund und strecke den Kopf hoch, um ihn ihm anzubieten. Er schnappt danach, aber in letzter Minute zucke ich weg und schüttle den Kopf.

Ich hüpfe auf seinem Schoß, während ich das ganze Ding aufesse, stopfe mir die Wangen wie ein Eichhörnchen voll und lecke die Honigbutter von meinen Fingern.

Als ich fertig bin, macht Lincoln der Eindruck, als stünde er, nur eine Sekunde davon entfernt ist, das Geschirr vom Tisch zu fegen und mich als sein Festmahl drauf zu drapieren. Perfekt.

Ich steige langsam von ihm ab und laufe an den Zwillingen vorbei und streichele mit meinen Fingern deren Hälse. Ihre Köpfe drehen sich wie bei Eulen, während ich an Roy vorbeischleiche und innehalte, um meinen Körper zwischen ihn und Tommy zu schieben. Ich tanze zu Jagger hinüber und seine Arme öffnen sich, um mich willkommen zu heißen. In letzter Minute drehe ich mich um und lehne mich an seinen harten Oberkörper zurück. Ich tanze in seinen Schritt, während er schnurrt - ich wusste, dass ihm das gefallen würde.

Um den Tisch herum sind alle Augen auf mich gerichtet. Sogar Masons, der wieder auf den Hinterbeinen seines Stuhls balanciert, die Arme verschränkt, den Kiefer geballt, mit den Schatten, die sich auf den harten Ebenen seines Gesichts bündeln.

Lächelnd verlasse ich Jaggers klammernde Arme und steige von seinem Schoß auf den Tisch. Ich werfe den Kopf zurück und tanze aus vollem Herzen, meine Hüften schlagen hart im Takt, meine Schultern schwenken. Vorsichtig trete ich zu einer leeren Stelle vor Saint und hocke mich hin, dann krieche ich wie ein Panther auf ihn zu. Seine Augen glänzen in der versteinerten Maske, zu der er sein Gesicht formt. Ich weiß genau, was ich tun muss, damit diese auseinanderfällt. Ich lehne mich auf meinen Armen zurück, stelle meine Füße weit auf, schaukle meine Hüften hin und her und bewege meine Muschi direkt vor seinem Gesicht. Ich kippe vom Tisch und lehne mich über ihn, stecke mein Steißbein in die Luft und schwinge meinen Hintern in Saints Richtung. Ich tue so, als würde ich mir den Hintern versohlen, bis er seine Position aufgibt. Seine riesige Hand bedeckt meine kleine Arschbacke. Ich kichere vor mich hin, drehe und tanze vor mich hin und winke mit meinem Finger. Der Hunger in seinen Augen ist jetzt unübersehbar. Ich zwinkere ihm zu, mein Schmollmund verspricht reichlich Gelegenheit, mir später den Hintern zu versohlen.

Überall, wohin ich schaue, werde ich mit dem gleichen glorreichen, geilen Blick empfangen. Selbst Mason macht sich nicht die Mühe, es zu verbergen. Jagger will mich packen, als ich an ihm vorbeilaufe.

Ich habs geschafft. Sie wollen mich alle ficken. Und sie können es nicht. *Nee, äh-* spricht mein wedelnder Finger zu ihnen. Ich lecke ihn ab und umkreise eine spitze Brustwarze, bis mein Körper schreit: *Es wird das Warten wert sein.*

Das Lied geht zu Ende. Zeit für das große Finale.

Ich greife nach meinem Stuhl und ziehe ihn in die Nähe des Lichts. Ich setze mich breitbeinig hin, meine Knie auf beiden Seiten des Sitzes. Im Schritt stecke ich meine Hände in mein durchsichtiges Höschen und reibe, schließe die Augen und lächle vor mich hin und stelle mir vor, wie sie mich alle mit weit geöffneten Münden anschauen. Das Lied wechselt zu *Candy Shop* von 50 Cent mit Olivia, und ich streichle mich vor meinem Publikum und zittere vor Vergnügen. Ich winde mich auf dem Stuhl, als ob er ein Liebhaber wäre. Reite ihn, als müsste ich gerade die Brozemedaille beim Rodeo gewinnen, während acht Typen mich mit ihren Augen ficken. So etwas habe ich noch nie zuvor getan. Nicht, dass ich behütet aufgewachsen wäre - ich bin in der Nähe von Mädchen aufgewachsen, die sich um den

Biker des Monats stritten. Es war keine Party, wenn eine halbnackte Frau nicht in der Ecke befummelt wurde, ein Bier trank und kicherte, bis der Typ sie in eines der Privatzimmer zerrte. Oder ihr die Hotpants herunterzog und sie vor aller Augen geknallt hat. Als ich anfing, mit Jack auszugehen, ließ ich ihn ein Zimmer für uns beanspruchen, bevor wir mehr als nur heftige Streicheleinheiten austauschten. Ich hätte nie gedacht, dass ich mit einem Publikum klarkommen könnte.

Ich habe mich geirrt.

Blitze schossen unter meinen Fingern in meine Mitte und ich wölbe meinen Körper zu einem übertriebenen Bogen. Ich bin so nah dran. Aber aus irgendeinem Grund möchte ich diesen Moment auskosten. Auf der Kante tanzen.

Als das Lied zu Ende geht, ziehe ich meine Finger aus dem Höschen und lecke sie sauber. Ich bin eine heiße kleine Nummer. Oh ja.

Ohne einen Blick zurück zu werfen, erhebe ich mich und stolziere zurück in mein Zimmer.

"Das wars fürs Erste", rufe ich über die Schulter. "Gute Nacht, Jungs."

Die Stühle klappern. Ich wette einen Riesen, dass die Hälfte der Jungs direkt auf ihre Zimmer geht - oder unter die Dusche.

Ich schließe die Tür zu meinem Zimmer und lehne mich zitternd dagegen. Ich habe es getan. Sie werden mich auf keinen Fall loswerden wollen. Nicht einmal Mason wird jetzt noch darauf drängen.

Ich rolle mich auf meinem neuen Bett zusammen und falle ohnmächtig zusammen, als hätte man mich achtmal gefickt.

～

SAINT

LINCOLNS TÜR ZITTERT, als ich mich nähere. Wenn ich will, kann ich leicht genug gehen, um wie der Engel des Todes über die Häuser der Israeliten zu gehen. Heute Abend möchte ich eine Warnung aussprechen.

Lincoln sitzt auf seinem Bett, die Hände baumeln zwischen den Knien und starren ins Leere.

Ich bleibe in der offenen Tür stehen und warte, bis er aufschaut. Mein Schatten breitet sich aus und bedeckt die Spitzen seiner Stiefel, sodass es nicht lange dauert.

"Saint." Er schenkt mir ein reumütiges Lächeln und fährt sich mit der Hand durchs Haar.

"Wir müssen reden." Wenn ich will, kann ich meine Stimme leicht und geschmeidig klingen lassen, ein Barry White Timbre, das wie warmer Honig fließt. Oder ich kann den unteren Teil meiner Stimme hervorheben, das wie Kiesgrummeln einer herannahenden Lawine dröhnt. Heute Abend will ich, dass seine Knochen zittern.

"Ja." Lincoln fährt mit der Hand über sein Gesicht und steht auf. "Ja, das tun wir." Er weiß, was er getan hat. Er weiß, dass er dieses Gespräch verdient hat und er ist bereit, es anzunehmen.

"Was zum Teufel hast du dir dabei gedacht?" Jedes einzelne Wort hat das Gewicht eines Schlages. Lincoln zuckt zusammen. Ich lehne mich in sein Zimmer, aber gehe nicht hinein und schließe die Tür nicht. Wenn ich wollte, könnte ich Lincoln zwingen, mir irgendwohin zu folgen, wo wir unter vier Augen reden können. Heute Abend will ich, dass alle Jungs es hören.

"Ich glaube, es wird schon klappen."

"Sie sieht aus, als stünde sie mit einem Bein im Grab."

"Sie war hungrig und halb erfroren und allein. Erwischte mich vor dem Stripclub. Sie hatte Randy um einen Job angebettelt, damit sie essen konnte." Er breitet seine Hände aus und seine Stimme erhebt sich. "Was hätte ich tun sollen?"

"Fahr sie in ein Obdachlosenheim. Gib ihr etwas Geld. Das ist kein Resozialisierungszentrum."

"Sie war eine Sekunde davon entfernt, sich jedem Lastwagenfahrer auf der Straße anzubieten. Ich dachte, es wäre besser, sie hierher zurückzubringen." Er hebt sein Kinn. "Ich glaube, sie kann den Job erledigen."

"Das ist nicht das, worauf wir uns geeinigt hatten." Ich kämpfe darum, meine Stimme zu erheben. "Wir haben das diskutiert. Wir brauchen eine Frau, die es mit uns aufnehmen kann." Ich konnte sie vor meinem geistigen Auge sehen, den Typ Frau, den ich wählen würde. Eine bemalte Jade, aus Schminke und Plastik, die eine Rolle spielen könnte. Eine Frau, die die Rolle vor langer Zeit gewählt hatte. Eine Sperma-Puppe in einer mit Süßigkeiten überzogenen Schale, die Freier wählt, die für ihre nächste Brustvergrößerung oder Kokssucht bezahlen können. Kein Mädchen, das so sehr versucht, tapfer zu sein. Keine Unschuldige ohne Rüstung. Keine Sierra, bleich und geschmeidig und gesund wie eine Milchmagd, die nichts zu ihrer Verteidigung hat außer frechem Witz und schierer Sturheit. "Dieses Kind kann nicht tun, was nötig ist."

Lincoln schüttelt den Kopf, sein Atem zischt heraus. "Das dachte ich auch, und dann verbrachte ich einige Zeit mit ihr. Du musst sie kennen lernen, Saint. Sie ist ... ihr Wille ist stark."

"Ihr Wille ist stark", wiederhole ich mit ausgeprägtem Sarkasmus. "Scheiße. Du hast sie gefickt."

Mit einem weiteren Kopfschütteln beginnt Lincoln, sich abzuwenden.

"Du verdammter Scheißkerl." Meine Finger erwischen den Rand seines Hemdes. "Du hast sie ausgenutzt."

"Einen Scheiß habe ich getan", wirft Lincoln um sich. Er watet vorwärts, drängt mich, bis wir Brust an Brust stehen und zwei Sekunden davon entfernt sind, uns gegenseitig die Scheiße aus dem Leib zu prügeln. Ein großer Kerl, Lincoln. Groß und ein guter Kämpfer. Jeder andere Kerl, der ihm gegenüberstand, würde in den Stiefeln erzittern. Ich nicht.

"Ich habe sie gefüttert", knurrt er mir ins Gesicht. "Ich habe ihr Kleidung besorgt, Sachen, die sie brauchte. Ich habe sie beschützt." Sein Blick gleitet zur Seite und fängt eine Erinnerung auf. "Sie ist in Schwierigkeiten. Sie rennt vor etwas davon."

"Kein Scheiß. Du hast also einen Streuner mit nach Hause gebracht." Mein Ton sagt ihm, für wie dumm ich ihn halte.

"Sierra ist kein Streuner. Du hast sie heute Abend gesehen."

Ohne Erlaubnis kehren meine Gedanken zu ihrem Tanz. Der Spot aus weißem Licht, Sierras kleiner zuckender Körper, als sie sich vor uns an den Rand des Orgasmus brachte. Ich wollte zu ihr gehen, niederknien und sie über den Rand bringen. Ihre Wärme an meinen Fingern spüren und ihre Süße schmecken.

"Ja", entgegne ich langsam. "Das war schon was."

"Sie war großartig. Gib es zu. Willst du mir nach dieser Vorstellung wirklich in die Augen blicken und mir sagen, ich soll sie zurückschicken?"

Unwillkürlich ballt sich meine rechte Hand zu Faust.

Nicht in eine, um Lincoln etwas Verstand einzuprügeln, sondern als hätte ich einen Geist ergriffen, einen leichten, tanzenden Engel, und ich will mich festhalten und sehen, ob ich sie einfangen kann. Behalt sie.

Scheiße. Ich will Sierra.

"Saint?"

"Eine Woche", erwidere ich. "Sie hat eine Woche, um sich zu beweisen. Sonst schicken wir sie zurück."

SIERRA

MEINE KLITORIS WECKT MICH AUF. Geschwollen und wütend pulsiert sie und erinnert mich daran, dass ich eingeschlafen bin, bevor ich meinen Orgasmus hatte. Sie will, dass ich beende, was ich im Hauptraum begonnen habe. Nachdem ich mich ein paar Minuten lang gestreichelt habe, setze ich mich auf und gehe den Flur hinunter.

Die Tür neben meiner ist offen, und ich schaue hinein, als ich vorbeigehe. Zwei rote Köpfe schwenken in meine Richtung. Zwei blauäugige Zwillingskäuze.

"Lincoln?" frage ich, und Oren zeigt auf den Flur.

"Letzte Tür rechts", sagt Elon. Mit einem Augenzwinkern danke ich ihm und gehe auf Zehenspitzen in Lincolns Zimmer. Ein kurzes Klopfen, und ich betrete das Zimmer ohne Erlaubnis.

Der große Kerl legt ein abgenutztes Taschenbuch beiseite und runzelt die Stirn, während ich auf seine Seite rutsche.

"Ich will nicht allein schlafen", kuschle ich mich neben ihm unter die Decke.

Er verschiebt sich, um Platz zu schaffen, aber das ist nicht gut. Ich muss mich an ihn drücken, um neben seinen großen Körper in das schmale Bett zu passen. "Du muss dich ausruhen."

Ich stoße einen gewaltigen Seufzer aus.

"Mach dir keine Sorgen" - seine Finger spielen mit den Linien auf meiner Stirn - "sie mögen dich jetzt schon."

Ich schnaufe. "Mason anscheinend nicht."

"Mason mag niemanden."

Wir liegen nebeneinander, unsere Körper sind miteinander verklebt. Ich schwenke auf ihn zu.

"Ich bin geil."

Jetzt ist er an der Reihe, zu seufzen. "Willst du dich heute nicht ausruhen? Du könntest müde werden, uns zu unterhalten." Seine Finger gleiten meinen Arm hinunter.

"Nein." Ich stelle ein Bein über eines seiner Beine. "Ich brauche es."

Er rollt seinen schweren Körper über mich und verdeckt das Licht. Ich lächle in sein weiches Hemd, mein Atem stockt, während sein Bizeps meinen Kopf umrahmt. Er schnappt sich ein Kondom, und dieses Mal erweise ich ihm die Ehre, indem ich es auf seiner pochenden Länge rolle, während sich seine Brust schneller hebt und senkt. Um uns herum steigt ein starker, holziger Duft auf, herbe Kiefer und trockenes Sägemehl. Ich bin schon betrunken von Eau de Holzfäller, wenn ich seinen Schwanz nach innen führe. Mit einem leisen Keuchen rutscht er den Rest des Weges. Sein Körper gleitet über meinen, die Muskeln beugen sich am Rand meines Blickfeldes, die Granitebene seiner unteren Bauchmuskeln zieht über meine und fängt meine Klitoris ein. Ich spanne mein Baum über der hervorstehenden Hüfte an und drücke es für mehr Reibung nach oben, aber ansonsten lasse ich ihn die Arbeit machen. Den Kopf neigend, reibe ich an dem groben Fell seiner Brust und lasse meine Finger den ganzen Weg hinunter folgen. Seine Bewegungen werden schneller, und mein Verstand verwandelt sich in Gelee.

"Jagger wird sagen, du hast deine eigene Regel gebrochen", murmelte ich hinterher und streichelte faul über die festen Konturen seines Rückens. Lincoln: stark wie eine Eiche, mit dickem, dunklem Haar wie das Fell eines Tieres und einem reichen Kiefernduft.

"Jagger kann handeln. Jetzt sei still", sagt er und lächelt ein wenig. "Du muss dich ausruhen, solange du kannst."

Aber ich möchte hier wach neben diesem hohen Baum von Mann liegen, der mir Geborgenheit schenkt und jede Sekunde davon genießen.

Meine Augenlider flattern und schließen sich ohne meine Erlaubnis.

"Vor wem läufst du weg?" murmelt Lincoln. Aber es ist zu spät, ich bin weit weg, im Bann seiner rumpelnden Stimme, die mich in den Schlaf gleitet.

3

Sierra

"IST ES GEFÄHRLICH? DIE ARBEIT?" frage ich bei meiner nächsten Mahlzeit. Mittagessen für die Jungs, Frühstück für mich. Ich schlief den Morgen durch und wachte von einem Windstoß der kühlen Außenluft auf, als Lincoln zurückkehrte, noch immer mit einem gelben Helm von seiner Frühschicht bekleidet. Als er seine Kopfbedeckung abnimmt, sind seine Schläfen seidig vor Schweiß.

Lincoln zuckt mit den Achseln. "Kann sein."

"Lincoln ist der sicherste Crew-Chief im ganzen Territorium", erzählt Jagger mit einem Bissen Chili. "Vielleicht sogar in ganzem Land."

Ich hebe die Augenbrauen und studiere den Anführer über den Rand meines Kaffeebechers.

"Bist du fertig?", fragt er, und als ich nicke, steht er auf und geht zur Tür. "Lass uns gehen."

"Wohin gehst du?" Elon windet sich in seinem Stuhl, rote Brauen zucken auf seiner sommersprossigen Stirn. Neben ihm tut sein Bruder dasselbe mit identischem Ausdruck.

"Der Doktor", antwortet Lincoln für mich.

"Ich bin nicht krank", erinnere ich sie, auch wenn mein Magen durch das ungleiche Verhältnis von Kaffee zu gutem Essen etwas rebelliert. Mir war heute Morgen übel, aber das Essen hat geholfen. In ein paar Tagen sollte ich daran gewöhnt sein, mich satt zu fühlen. "Gesundheitsuntersuchung. Wartet nicht auf mich." Ich winke den beiden Rothaarigen freundlich zu und knalle fast in Mason hinein. Er pflügt mich praktisch um und geht mit einem gemurmelten "Vorsicht" auf die Kaffeekanne zu.

Noch immer keine aufkeimende Liebe zwischen mir und ihm, aber auch keine Notwendigkeit, einen echten Kampf anzufangen. Ich beiße mir auf die Zunge und husche nach draußen.

"Ist zwischen dir und Mason alles gut?" fragt Lincoln, als ich mich in seinen Truck schwinge. Als ich das letzte Mal hier drin gesessen habe, war ich erschöpft und lediglich eine Mahlzeit vom Verhungern entfernt. Was ein Tag für einen Unterschied macht.

"Oh ja. Wie Stock und Steine." Ich halte mich fest, während Lincoln um die schlimmsten Schlaglöcher in der Straße manövriert und verstecke mein Grinsen. Jungs werfen Steine auf Mädchen, die sie mögen. "Er kann mir nichts anhaben. Ich gebe ihm ein paar Tage zum Aufwärmen. Ich dachte mir, ich tanze für alle und suche mir jeden Abend einen anderen Kerl aus, um ihn zu unterhalten … privat."

Eine dicke Locke seines Haares fällt ihm beim Nicken über die Brauen. Ich streiche sie zurück. Er erstarrt unter meiner zärtlichen Berührung, aber seine breiten Hände bleiben am Steuer. Ich empfinde große Dankbarkeit gegenüber meinem ureigenen Paul Bunyan. In der letzte Nacht fand ich den besten Schlaf, den ich seit Jahren hatte.

Ich frage mich, was er davon hält, mich mit sieben anderen Jungs zu teilen.

Mit einer vorsichtig klingenden Stimme erkläre ich ihm: "Ich kann mit Jagger anfangen, dann die Zwillinge, Roy und Tommy ..."

"Roy und Tommy werden wahrscheinlich nichts anderes wollen, als dir beim Tanzen zuzusehen."

"Wirklich?"

Er zuckt mit den Achseln. "Du kannst sie fragen, aber ich glaube, sie wollen nur einen Tanz."

"Lapdance?"

Wieder ein Achselzucken.

"Okay. Ich werde sie fragen." Zwei Typen weniger bedeutet, dass ich alle in einer Woche unterbringen kann. "Nach den Zwillingen kann ich erst Saint, dann Mason und dann dich nehmen." Ich achte genau auf seine Hände, aber sie bleiben nicht am Lenkrad kleben. Er scheint vollkommen glücklich darüber zu sein, dass ich meine Gefälligkeiten weitergeben kann. "Wie findest du das?"

"Klingt gut."

"Irgendwas, auf das ich achten sollte? Außer auf Mason."

Ein Moment des Zögerns, und er sagt reumütig: "Saint. Er denkt, du bist zu zart."

Ich reibe mir den Magen, der sich endlich an eine volle Mahlzeit einstellt hat. "Ich bin klein. Aber ich passe gut zu ihm. Ich passe zu dir."

Lincoln schnaubt.

"Ach, komm schon. Willst du sagen, er ist größer als du?" frage ich mit einem listigen Blick.

"Das gebe ich nicht zu."

"Frauen bekommen die ganze Zeit Babys. Er kann nicht größer als der Kopf eines Babys sein." Er schüttelt den Kopf und ich lache. "Ich meine es ernst! Mein Körper ist dafür gebaut."

"Ich möchte nicht an jemanden denken, der so klein ist wie du und Babys bekommt."

"Deshalb gehen wir zum Arzt." Ich setze mich wieder auf meinen Sitz, als er auf die leere zweispurige Straße abbiegt, die in eine Autobahn übergeht. Nach ein paar Kilometern sage ich: "Mit Saint werde ich fertig. Ich wette, ich könnte mit euch beiden gleichzeitig fertig werden." Ich lächle sein Schnauben an und bemerke das interessierte Schimmern in seinen Augen.

∾

MASON

"HOLZ!"

EIN KNARREN und der lange stille Moment - die Mahnwache des Waldes für einen fallenden Riesen. Der Stamm prallt mit einer Gischt von Schmutz auf den Boden. Elon, Roy, Tommy und ich halten alle inne, dann marschieren wir vorwärts, Blätter und heruntergefallene Äste knirschen unter unseren Stiefeln.

Ketten klirren. Ein Motor brummt in der Ferne. Über uns kreischen und fliegen die Vögel und lassen sich wie Staub auf den Ästen nieder. Sägemehlpyramiden in gelb-braunen Haufen wie Schnee.

"Mason", ruft mich jemand. Jagger. Er lacht wie ein Küken, hält seine Kettensäge vor sich wie einen riesigen Metallständer.

Ich wende mich ab, weil der Witz beim ersten Mal bereits nicht lustig war.

"So", sagt der Waldclown und pflanzt sich unerwünscht auf dem Platz neben mir. "Willst du mal an die Reihe kommen?"

Ich grunze.

"Ich nehme deine Nacht, wenn du willst. Schade, dass sie genau wie Anita aussieht."

Ich warte, aber es gibt keine der üblichen Schmerzen in meiner Brust beim Namen meiner Ex-Freundin.

"Du wolltest sie heiraten, stimmts?"

"Richtig." Wenn sie auf mich gewartet hätte. Wenn sie nicht mit dem ersten Typen ins Bett gefallen wäre, der mir ähnlich sah.

Es hatte nichts zu bedeuten. Ich wusste es, als sie mir sagte, dass sie es nicht so weit treiben wollte. Sie wollte mich nur eifersüchtig machen. Manchmal tragen die Dinge, die man nicht so meint, die schlimmsten Folgen. Manchmal wiegen die Dinge, die man nicht meint, schwerer als alles andere. Das Leben ist schon komisch.

Komm zurück. Wir können es schaffen.

Als wir geplant hatten, Kinder zu bekommen, hätte ich nicht gedacht, dass sie ohne mich anfangen würde.

Der nächste Baum dreht sich beim Fallen, ein abschließendes, anmutiges Ballett. Tommy und ich befestigen Ketten an dem geschorenen Baumstamm und geben Oren im Lastwagen am Fuße des Hügels ein Signal. Eine weitere schöne Sache, die zu Boden gebracht, gedemütigt und durch den Schlamm gezogen wird. So groß geworden, nur um abgeholzt zu werden.

Gestern saß der Geist von Anita auf dem Beifahrersitz von Lincolns Lastwagen. Heute wird sie hier Wurzeln schlagen. Weiche Hände, weicher Körper, sanfte Stimme, sie wirft ihre Ketten ein, um uns zu Fall zu bringen.

Oder auch nicht. Sie ist nicht Anita. Das sollte ich mir merken.

Meine Säge beißt mit einer Staubwolke in einen befleckten Stamm. Ein kleines Stückchen kann einen Riesen zu Fall bringen. Ich rufe eine Warnung aus, und Tommy geht rückwärts, während das massive Laubholz nach unten schwebt, in ein zweites hineinschlägt und es mit einem Regen aus Blättern und abgebrochenen Ästen auf den Waldboden fliegen lässt.

Mein Herz sagt: *Erinnere dich daran. Komm mir nicht zu nahe. Du wirst den Sturz nicht überleben.*

Mein Schwanz sagt: *Das ist es wert.*

Mein Verstand sagt: *Nie wieder.*

An der Stelle, an der der Baum vor einer Minute noch stand, strömt die Sonne herein. Dick und golden an dem späten Nachmittag. Ich ziehe meinen Helm ab und streiche über den Schweiß.

Jagger schreit etwas vom Fuße des Hügels. Tommy dreht sich um und antwortet.

Roy trampelt durch das Gebüsch neben mir. "Was geht hier vor sich?"

Oren legt die Hände um den Mund und ruft: "Wir machen heute früher Schluss. Mehr Zeit mit Sierra."

Ich schließe meine Augen und stelle sie mir vor. Sierra. Ein bleicher Fetzen von einem Menschen, viel zu mager zum Überleben. Feinknochige Schönheit, zerbrechlich wie ein Vogel. Sie hat nichts getan, um die Strafe zu verdienen, die ich ihrem Körper auferlegen werde.

Ich sollte meine Wut nicht an ihr auslassen. Das ist nicht fair.

Meine Frau - nein, meine Ex-Frau - trägt das Kind meines Bruders aus. Das Leben ist nicht fair.

Es hätte deins sein sollen, Mason, sagte sie. Keine Reue oder Entschuldigung. Nur eine Anschuldigung. Es war meine Schuld, dass wir die ganze Zeit stritten. Es war meine Schuld, dass ich verkündete, wir hätten Pause gemacht und gingen. Es war meine Schuld, dass ich mich in den Wald verliebt habe, meine Herrin. Es war meine Schuld, dass meine Frau in das Bett eines anderen Mannes stolperte.

Die Sonne ist jetzt im Wald. Ein Bruch im Blätterdach. Ich wähle meinen Weg über die neue Lichtung und schirme meine Augen vor den fallenden Lichtmünzen ab.

Ich stehe im goldenen Scheinwerferlicht und drehe mich in einem langsamen Kreis, im Zentrum der hässlichen Wunden, die auf der Erde zurückbleiben. Die Zerstörung befriedigt den verbitterten Teil von mir. Hier, an einem trostlosen Ort, habe ich mein Zeichen gesetzt.

Die Kiefern warten am Rand, bereit, in den Lücken zu wachsen. Fadenscheinige Setzlinge ersticken im Licht. Bis jetzt.

Manchmal sterben gute Dinge, damit der Rest gedeiht.

Wenn ich die Faust balle, springt mir ein Blitz in den Augenwinkel. Ich füllte meine Haut mit Tätowierungen, eine schöne Ergänzung zu den Narben, die auf meiner Seele verborgen sind. Eines Tages könnte eine Frau nach der auf meinen Körper geschriebenen Geschichte fragen. Eines Tages treffe ich jemanden, der es verdient, sie zu erfahren.

Bis dahin habe ich Sierra. Einen warmen Körper, an dem ich mich rächen kann. Sie wird meinen Hass und mein Sperma nehmen, und wenn ich fertig mit ihr bin, wird sie ein verbrauchtes Gewebe sein, das ich zerknüllen und wegwerfen kann. Kein Gefühl. Keine Gewissensbisse.

"Essenszeit." Tommy nimmt seinen Helm ab. "Kommst du?"

"In einer Minute."

Ich hocke mich hin und ziehe das Bild aus meiner Gesäßtasche. Wenn die Jungs das sehen würden, würden sie denken, dass mir eine Muschi gewachsen ist. Anitas Gesicht, genau rechts neben einer Träne. Der Rest des Bildes trägt mein Gesicht. Der abgerissene Teil ist bereits im Müll.

Ich studiere Anitas goldene Schönheit und warte auf das Messer in meiner Brust. Was ist passiert? Nichts. Ich fühle nichts. Anitas Gesicht war früher eine goldene Klinge, die mein Inneres zerschneiden wollte. Aber die Schneide ist stumpf geworden, zusammen mit dem Schmerz.

Anita ist jetzt bei meinem Bruder. Er wird sie glücklich machen. Sie gehört ihm.

Sierra gehört mir.

Ich lasse das zerbrochene Foto auf dem Stamm liegen. Darüber ragen ein paar Splitter empor, der längste Finger in der Mitte, der letzte Gruß des Baumes.

SIERRA

BLUT. In der Dunkelheit hat die Flüssigkeit die Farbe der Nacht und breitet sich über das Bett aus. Der menschliche Körper hat so viel Blut. Ich drücke kaltes Fleisch, als ob ich etwas davon zurückgeben könnte.

Meine Ohren klingeln von der Schießerei, meine Stimme kommt von weit her. "Jack? Jack?"

Ein Rumpeln von Stimmen, von Motorradpfeifen. Ich renne ins Badezimmer und würge trocken in das Waschbecken. Es riecht schon nach Kotze vom letzten Mal, als ich hier war. Vor einer Ewigkeit. Als ich den Kopf zum Spiegel hebe, starren mich leere Augen an.

"Jack", flüstere ich. Zu spät. Jack ist tot.

Es ist meine Schuld.

Stiefel stampfen in den Raum und ich trete einige Schritte zurück und hinterlasse rote Handabdrücke neben dem Waschbecken. Ich schrumpfe in die Wanne, drücke blutverschmierte Hände an meinen Mund, um nicht zu schreien. Flüche hallen durch das Haus. Das Dröhnen der Motorradrohre zerreißt die Luft. Weitere Männer klopfen an die Tür und kommen herein. Das Haus ist voller Männer, die fluchen und sich gegenseitig erzählen, was ich bereits weiß. Jack ist tot, ein Schuss in die Brust, verblutet auf dem Bett.

"Wo ist seine Hündin? Die dürre ..." Fußspuren an der Badezimmertür. Ich schrumpfe unter dem Wasserhahn, winzig genug, um hinter den zerknitterten Duschvorhang zu passen. Winzig genug, um mich zu verstecken.

"Verdammte Schlampe. Sie hat das getan ..."

"Wir werden sie finden. Das Miststück kann nicht weit laufen ..."

Die Stimmen gehen zurück. Ich erhebe mich, ein Gespenst in blutiger Kleidung. Meine roten Hände kratzen am halboffenen Fenster. Ich verkeile meinen Fuß in der Ecke und finde einen weiteren Halt auf der Seifenschale, gerade breit genug, um mich nach oben zu schieben und durch den Fensterspalt zu heben.

Ich taumle beim Aufprall auf den Boden. Der Vorgarten ist voll von Maschinen und wütenden Männern. Ich umklammere die Mauer und gehe zentimeterweise in den Hinterhof, wo die Kohlen in der Feuergrube noch glühen. Mein Rucksack steht neben einem Müllhaufen leerer Bierflaschen, wo ich ihn vor einer

Stunde, vor einem ganzen Leben, liegen gelassen habe. Als ich ihn das letzte Mal berührte, war Jack noch am Leben. Jetzt sind meine Hände mit seinem Blut befleckt.

Ich schnappe mir meinen Rucksack und laufe in die Nacht.

"Sierra?"

Ich erwache, richte meine Augen auf Lincoln. Er runzelt die Stirn, streckt eine Hand aus, um mir die Haare von der Stirn zurückzustreichen. Er sieht aus, als würde er mich etwas fragen wollen, aber alles, was er sagt, ist. "Wir sind fast beim Arzt."

Ich setze mich auf und reibe mir das Gesicht, um den kalten Schweiß wegzuwischen. Wenn ich doch nur meine Alpträume so leicht wegstecken könnte.

Müde kleine Einkaufszentren rollen an uns vorbei. Diese Stadt ist größer als die, in der Lincoln mich aufgegabelt hat, aber nicht wesentlich. Ein Kaufhausschild fällt mir ins Auge. "Haben wir Zeit zum Anhalten?"

"Wir haben ein paar Minuten."

Er setzt mich ab, und ich schnappe mir schnell, was ich brauche, und gehe zu den Kassen, während er hereinkommt. Seine Augen glühen förmlich, als er sieht, was ich kaufe. Genau wie bei unserem ersten Einkaufsbummel besteht er darauf, zu bezahlen. Der Kassierer gurrt und lächelt uns an, als ob wir frisch verheiratet wären.

"Wie oft gehst du in die Stadt?" Stelle ich ihm die Frage, sobald wir wieder im Auto sind.

"Einmal pro Woche oder weniger, um Vorräte abzuholen. Normalerweise erledigt es Saint. Er führt die Bestellungen aus." Seine große Hand streckt sich zu meinem Knie, während wir an der Ampel stehen bleiben. Er drückt mich ganz sanft. "Wenn du etwas brauchst, komm zu mir."

Beim Arzt sitze ich im Untersuchungszimmer, nackt unter einer papierenen Decke, und strampele mit den

Füßen, als wäre ich zwölf Jahre alt. Ich fühle mich unbesiegbar - oder zumindest gesund genug, um eine Untersuchung zu überstehen. Erstaunlich, was eine angemessene Menge an Essen mit der Stimmung anstellt.

Ich sitze, stehe, biete meinen Arm für eine Blutdruckmanschette an, gehe in das winzige Badezimmer, um in einen Becher zu pinkeln – tue alles, was die Krankenschwester von mir verlangt.

Ich nehme bereits an Gewicht zu, hauptsächlich an den Brüsten. Ich kneife in sie rein und zucke vor Freude. Meine Brustwarzen sind empfindlich. Ich muss nahe an meiner Periode sein. Ich habe sie schon lange nicht mehr bekommen - ein Nebeneffekt meiner mangelhaften Ernährung.

Der Doktor, ein netter alter Mann, der dieser kleinen Stadt wahrscheinlich seit hundert Jahren dient, kommt herein, und ich setzte mich aufrechter hin. Zeit für die große Prüfung. Ich weiß, ich werde bestehen. Ich bekomme ein Rezept für Verhütungsmittel und ein Papier, auf dem steht, dass ich sauber bin. Ich bitte den Arzt, in dreifacher Ausfertigung zu unterschreiben, damit Mason nicht denkt, dass es sich um eine Fälschung handelt.

"Wenn Sie einfach Ihre Füße hierhin stellen" - der Doc bewegt sich zu den Steigbügeln - "und bis zur Tischkante herunterrutschen."

Ich tue, worum er mich bittet und nehme die verletzliche Position an. Da ist ein Fleck auf der Deckenplatte, der wie die Hudson Bay aussieht. Ich behalte ihn im Auge, während ich Fragen zu meiner sexuellen Vorgeschichte beantworte. Es dauert nicht lange. Vor Jack war ich Jungfrau, und vor mir hatte er nicht viele Partner. Wir haben ein paar Mal betrunken ein Kondom vergessen, waren aber ziemlich vorsichtig.

Die Uhr an der Wand klickt näher an 16:00 Uhr. In ein paar Stunden werde ich wieder auf dem Rücken liegen, mit ausgebreiteten Beinen, und dafür bezahlt werden. Hoppla, denke nicht daran. Ich will nicht, dass der Arzt denkt, er hätte mich erregt.

"In Ordnung." Er greift nach den Handschuhen. "Ich schaue hier nach. Vergewissere mich, dass Sie gesund sind, und sehe mir dann das Baby an." Er schenkt mir ein großväterliches Lächeln, ein Funkeln in seinen Augen.

"Okay", sage ich und schüttle dann den Kopf. "Warte, welches Baby?"

"Das Baby." Der Arzt gestikuliert zu meinem Bauch. "Sie wussten nicht, dass Sie schwanger sind?"

"ALLES IN ORDNUNG?" Lincolns runzelt seine Stirn, als er durch die tiefen Rillen der Bergstraße fährt. Er beobachtete mein Gesicht, als ich den Arzt verließ, und blieb still. Ich reichte ihm das Blatt Papier, auf dem stand, dass ich frei von allen Krankheiten sei. Den zweiten Zettel, auf dem stand, was in einunddreißig Wochen auf mich zukommt, zeigte ich ihm nicht.

Ein Baby. Die Übelkeit, die Knochenmüdigkeit macht Sinn. Meine seltsame Krankheit ist keine Krankheit, sondern Morgenübelkeit. Die Erschöpfung, normal. Da wächst etwas in mir. *Ein Kind.*

Scheiße.

Wie ist dies geschehen? Ich meine, ich weiß, wie es passiert ist. Jack und ich waren jung und lüstern und dumm. Mit der Zeit hätte ich ihn vielleicht geliebt. Vielleicht. Ich hatte noch keine Gelegenheit, meine Gefühle für ihn nach den Ereignissen um seinen Tod zu untersuchen. Sein Leben endete vor einem Monat, genau wie das meine. Ich bin eine wandelnde tote Frau.

Der Arzt war freundlich; selbst er wusste, dass ich von den Nachrichten erschüttert war. Er fragte mich, ob ich über Optionen sprechen wolle. Fast hätte ich gelacht. Eine bald alleinerziehende Mutter mit einem vorübergehenden Prostitutionsauftrag? Welche Optionen hatte ich?

Er begann: "Es ist noch nicht zu spät ..."

Ich hielt meine Hand hoch. "Nein", krächzte ich. "Nicht das." Es gab Pillen und Verfahren, um mein Problem zu beheben. Ich würde es einer Frau nicht übelnehmen, wenn sie die nehmen würde. Aber ich war das Kind einer alleiner- ziehenden Mutter. Vor einundzwanzig Jahren war ich die Last und Unannehmlichkeit. Ohne mich wäre sie besser dran gewesen. "Die Leute sagten meiner Mutter, sie solle mich abtreiben. Aber sie hörte nicht auf sie." Ich senke meine Stimme zu einem Flüstern. "Ich werde auch mein Baby behalten."

"In Ordnung", entgegnet der Doc sanft. "Wollen Sie den Herzschlag hören?"

"Es gibt bereits einen Herzschlag?" Meine Stimme quietscht aus der Ferne.

Er nickt. Und einfach so nahm der Lauf meines Lebens einen scharfen Umweg, direkt über die Niagarafälle.

"Sierra?" Lincoln ruft mich aus meinen Grübeleien. Der Lastwagen fährt in ein Schlagloch und bringt mich aus meiner Denker-Pose.

"Ja", entgegne ich zittrig. "Mir gehts gut."

Seine Lippen pressen sich zusammen. Ich klinge nicht sehr überzeugend.

"Alles ist in Ordnung", versuche ich es noch einmal. Ich muss bluffen. Ich kann die einzige gute Sache, die ich habe, nicht aufs Spiel setzen. Sieben gute Dinge, wenn man

Mason nicht mitzählt. "Ich werde nur etwas komisch, wenn ich zum Arzt gehe. Und ich muss in einem Monat wieder hingehen. Verhütungsmittel", erkläre ich weiter. Lincolns Gesicht bleibt teilnahmslos. "Ich werde selbst dafür bezahlen."

"Nicht nötig. Die Jungs und ich haben abgestimmt. Wir werden das übernehmen. Vergünstigung vom Arbeitgeber."

"Okay." Sie wollen nicht riskieren, dass ich schwanger werde. *Zu spät.* Ein hysterisches Lachen droht meiner Kehle zu entkommen. Ich unterdrücke es, bevor es entweicht.

Ich bekomme ein Baby.

Den Rest des Weges bin ich ruhig, und Lincoln bedrängt mich nicht.

Wir fahren auf den Hof. Saint und Mason sind dort und unterhalten sich über dem Grill eines Lastwagens. Sie verstummen, als wir vorbeifahren, und starren mich mit leerem bzw. feindlichem Blick an.

Meine Hand ist auf dem Türgriff. Ich möchte ins Bett klettern und nie wieder herauskommen, nicht in einunddreißig Wochen, nicht ins Krankenhaus gehen, niemals. Mein Körper fühlt sich an, als wäre er geschlagen worden.

Lincoln parkt und fängt meine Hand, bevor ich herausspringe. "Sierra ... du musst nichts tun, was du nicht tun willst."

Er glaubt, dass ich Zweifel habe. Er hat keine Ahnung, wie am Arsch ich bin, buchstäblich und im übertragenen Sinne. "Ich weiß."

Er bringt meine Hand zu seinem Mund und küsst sie. So unheimlich süß.

Ich sage ihm nicht, dass ich alles und mit jedem tun werde, solange ich kann. Ich muss mein Geld verdienen. Ich brauche alles, was ich bekommen kann, damit ich und dieses Baby überleben können.

Elon fegt den Speisesaal, wenn wir hineingehen.

"Alles in Ordnung?", fragt er.

Ich zwinge mich zu einem Lächeln und drücke ihm den Daumen hoch, als ich in mein Zimmer gehe. Hinter meiner geschlossenen Tür ziehe ich mein Hemd hoch und untersuche meinen Bauch. Immer noch ziemlich flach. Kein Anzeichen dafür, dass dort Leben wächst, aber das Bett knarrt, während ich sitze, als ob die Neuigkeiten meinem kleinen Körper bereits Pfunde hinzufügen.

"Oh, Baby", flüstere ich. "Was soll ich nur tun?"

Überlasse es Jack, mich zu schwängern und zu sterben und mich den Konsequenzen auszusetzen. *Genau wie ein Mann,* würde Lynny sagen. Ihr Mangel an Vertrauen hat sie nie davon abgehalten, sich auf die Suche nach dem Richtigen zu machen. Ein Motorradfahrer nach dem anderen, einer ungeeigneter als der andere. Bis sie starb und mich sich selbst überließ. Ich klammerte mich an den ersten Mann, der vorbeikam und ende nun so.

Sprich mir nach: Trau den Männern nicht. Nicht einmal den riesigen Holzfällern, die vor deiner Tür lauern und sich fragen, ob sie anklopfen und sich vergewissern sollten, dass es dir gut geht. Ich werde sie und ihr Geld benutzen. Bis dieses Baby geboren ist, werde ich mir ein neues Leben aufgebaut haben.

Zuerst muss ich sicherstellen, dass ich diesen Job behalten kann. Würden sie eine schwangere Frau auf die Straße werfen? Lincoln würde es nicht tun, aber ein Schulterklopfen und ein Absetzen an einer Bushaltestelle mit etwas Geld in der Tasche, ist fast dasselbe.

Ich habe vielleicht drei oder vier Monate Zeit, bevor die Jungs es merken. Ich esse mehr - die Jungs werden denken, ich nehme nur gesundes Gewicht zu. Es ist kalt genug, dass sie mich nicht fragen werden, warum ich Pullover oder

Kapuzenpullover trage. Ich habe ein paar dicke Leggings gekauft, die dehnbar sind.

Morgendliche Übelkeit - der Arzt sagte, sie könnte verschwinden, wenn ich das zweite Trimester erreiche. Also ein paar Wochen noch. Glücklicherweise wird von mir nicht erwartet, dass ich bis zum Abendessen "on" bin. Ich kann mich in meinem Zimmer verstecken und sagen, dass ich kein Morgenmensch bin.

Die Nächte gehören den Jungs. Und ich werde sie auf ihre Kosten kommen lassen. Was immer ich verdiene, muss mich und ein Baby ernähren, bis ich einen neuen Landeplatz finde. Vielleicht kann ich einen Bus nach Süden nehmen. Einen meiner Freunde aus der Highschool oder einen von Lynnys Freunden anrufen. Vielleicht kennen sie jemanden, bei dem ich bleiben kann, irgendwo, wo die Hell Riders nie suchen werden. Vielleicht hat Dex die Suche bis dahin abgebrochen.

Ja, und vielleicht bietet Saint an, Babysitter zu werden, und die Zwillinge stricken meinem Kind einen Strampler. Ich kann nicht erwarten, dass es besser wird. Es wäre besser, wenn ich die Luft anhalten würde, bis Mason mich anlächelt.

Ich habe keine verdammte Ahnung, was ich tun soll. Die Zukunft fühlt sich weit weg an, drohend wie ein Monster, wie eine Katastrophe, die zu gewaltig ist, um sie zu erfassen, und die meine tatsächliche und sehr gegenwärtige Angst vor den Höllenreitern überschattet. Wenn der MC mich findet, muss ich mir keine Sorgen machen, alleinerziehende Mutter zu sein. Sie werden mich dafür töten, was mit Jack passiert ist.

Denk nicht darüber nach. Ich umklammere die Bettdecke und atme tief durch, damit ich vor Angst nicht kotzen muss. *Denk nicht daran.*

Ich reibe mir den Bauch und setze mich auf. Zeit, mein Schlampen-Outfit anzuziehen und meine Stammgäste zu beeindrucken. Zumindest esse ich gut, bis die Saison zu Ende ist oder bis die Jungs mein Geheimnis entdecken und mich rauswerfen. Was auch immer zuerst passiert.

4

S ierra

ICH BETRAT die Kantine mit einer Prahlerei. "Alles sauber,
Jungs!" Jagger jauchzt und klatscht einen der Zwillinge ab.

"Ihr wart lange Zeit weg", wirft Mason ein.

"Wenn du hoffst, dass ich eine schreckliche Krankheit
habe, hast du kein Glück. Der Arzt hat nur mehr Zeit
gebraucht, um die Hörner auf meinem Kopf zu untersuchen." Ich lächle zuckersüß. Die Zwillinge lachen. Mason
schüttelt den Kopf und schaut weg.

"Komm her, Baby." Jagger zieht mich in seinen Schoß.
Ich schiebe meine hellen Hände über seine tätowierten
Arme und lasse mich auf ihn sinken. "Wie machen wir das?"
Sein Schwanz liegt schwer unter seiner Jeans. Ich kämme
mit den Fingern sein Haar, während ich so tue, als würde
ich über den Zeitplan nachdenken, den Lincoln und ich

beschlossen haben. Die Hackordnung. Die Hackordnung. Heh.

"Wie wäre es, wenn ich heute Abend eine Show für dich veranstalte?"

"Bist du dafür bereit?"

"Oh ja", schnurre ich und beuge mich vor, um ihm ins Ohr zu flüstern, während ich Mason mit meinen Augen erdolche. "Ich bin ganz nah dran."

MEIN MUND IST TROCKEN, als ich den großen Raum betrete. Stühle kratzen und die großen Jungs drehen sich zu mir um. Mit dem Licht in meinem Gesicht kann ich ihren Gesichtsausdruck nicht sehen, aber ich kann mir jeden einzelnen vorstellen. Die Münder der Zwillinge öffnen sich synchron. Jagger brüllt - sein Katzengeschrei zerschneidet die Luft. Roy und Tommy sind in der Küche und räumen auf, aber ich wette, sie halten inne und schauen hinaus, um die Show zu sehen. Lincoln und Saint werden ihren Gesichtsausdruck kontrollieren, selbst wenn die Lust ihre Augen erfüllt. Mason wird höhnisch lächeln, aber mich die ganze Zeit beobachten.

Ich stolziere auf meiner behelfsmäßigen Bühne und balanciere auf zehn Zentimeter hohen Absätzen - den höchsten, die ich finden konnte. Ich bin froh, dass ich die Voraussicht hatte, Lincoln dazu zu bringen, vor dem Arzttermin bei einem größeren Gemischtwarenladen anzuhalten. Eine weiße Schärpe umarmt meine Brüste und meine Taille und endet knapp über dem Strumpfhaltergürtel, der um meine Hüften geschlungen ist. Die Strumpfhalter umrahmen meine Muschi und den fast nicht vorhandenen String, der die reinweißen Strümpfe hochhält. Ich sehe aus wie eine Braut in ihrer Hochzeitsnacht, süß und jungfräulich, von der Haarspange bis zu den Absätzen in Weiß gekleidet.

Die Musik beginnt. *Like a Virgin* von Madonna. Jagger hat einen Sinn für Humor und einen gut bestückten iPod. Er hat versprochen, mich später einige Tanzplaylisten zusammenstellen zu lassen. Vielleicht heute Abend, nachdem ich ihn gefickt habe.

Ich lecke meine Lippen ab, während ich schwanke, und mein Lippenstift schmecke. Der einzige Farbfleck auf mir: meine roten, roten Lippen. Rot wie der Apfel, der Eva in Versuchung führte.

Halb blind vom Scheinwerferlicht tanze ich um den Tisch herum. Die Stühle knarren, während die Jungs sich drehen, um zuzusehen. Die Hände greifen nach mir. Im Augenwinkel nehme ich Mason wahr. Ich drehe mich weg, ein Engel, eine Vision, ein feuchter Traum. Die Umgebung wird heiß, duftet nach Schweiß und Sägemehl.

Das Lied ändert sich. *Born to Fuck,* meine Hüften singen förmlich mit, und sie lügen nicht. Ich bewege mich langsam auf Saint zu und nehme seine Hand und balanciere, während ich seinen Stuhl benutze, um auf den Tisch zu treten. Ich krieche zu Lincoln, der am Kopf sitzt. Hände berühren meinen Körper, helfen mir auf die Beine. Ich taumle und singe leise die Worte zu Benassis *Satisfaction* mit. Hände gleiten meine Beine hinauf und ich führe sie, um meinen String an meinen Beinen heruntergleiten zu lassen. Ich klettere hinunter und gebe jedem, der will, einen Lapdance. Roy und Tommy winken mich weiter, und Mason weigert sich, seine überkreuzten Arme zu bewegen. Ich verbringe zusätzliche Zeit damit, mit meinem Hintern vor sein Gesicht zu wackeln, nur um eine Reaktion zu bekommen.

Die Show endet damit, dass ich gespreizt auf Jaggers Schoß sitze.

"Dein Zimmer?" flüstere ich und er hebt mich ohne zu zögern hoch. Wir schlagen gegen die Tür seines Zimmers und stürzen kichernd auf das Bett.

"Sierra, endlich allein."

Ich rolle mit den Augen, aber ich habe kein Problem mit Jagger, seinen unverschämten Äußerungen und klischeehaften Witzen. Er ist die perfekte Wahl für die Anfängerrunde heute Abend. Zum einen ist er zu sehr damit beschäftigt, anzugeben, um mich genau anzuschauen, um hinter mein Plastiklächeln zu blicken. Ich spiele heute Abend hart, mit einem jungfräulichen Outfit und femme fatale Lippenstift, und Jagger ist das perfekte Publikum.

Er schnappt sich seinen iPod und setzt *Closer* by Nine Inch Nails auf. "Komm her."

Wie eine Hure krabble ich über das Bett und knie zwischen seinen Beinen, meine Finger mit seinem Jeansreißverschluss beschäftigt.

"Du bist verdammt heiß", sagt er mir, während ich seinen Schwanz ergreife und mit ihm spiele, meine Hand um ihn wickle und ihn streichle. Er stöhnt und sinkt zurück gegen die Kissen, die das Kopfteil auskleiden. Ich greife mir ein Kondom und ummantele ihn schnell, damit ich ihn in meinen Mund nehmen kann. Ich wippe mit dem Kopf im Takt der Musik. Bereits nach kürzester Zeit entkommt ihm der Atem zischend durch die Zähne. Wenn seine Augen sich schließen, grinse ich vor mich hin. Heute Abend wird es einfach sein. Das ist auch gut so, denn ich fühle mich ausgewrungen wie ein gebrauchter Schwamm, meine Brust ist eng von unvergossenen Tränen. Vielleicht kommt Jagger und schläft gleich ein, damit ich mir in der Dusche die Augen ausweinen kann.

Ich ziehe meine Wangen ein und sauge, als ob mein Leben davon abhängt, Jagger-Sperma zu trinken. Er umklammert die Laken und stöhnt, sein Körper verkrampft sich, als würde er gerade gekreuzigt.

Ein neuer Song beginnt, diesmal von Marilyn Manson *Personal Jesus*. Ich wippe doppelt so schnell mit dem Kopf.

"Whoa, whoa." Jagger ergreift meine Schultern. "Nicht so schnell."

Ich werde langsamer, aber er hebt mich hoch und zieht mich zu sich heran. Ich lasse mich von ihm manövrieren, damit ich mit ihm den Platz tausche. Auf den Knien vor mir zerrt er sein Hemd vom Leid und wirft es zu Boden. Die Leiter seiner Bauchmuskeln streckt und beugt sich und blendet mich. Er zieht einen Mundwinkel hoch, als er wieder näher kommt, blonde Locken fallen um sein stoppeliges, schmales Gesicht. Seine Wimpern sind blond und lang wie die eines Mädchens. Ich blinzle meine Benommenheit weg, als er sich zwischen meine Beine setzt.

"Was machst du da?" frage ich.

Jagger ist damit beschäftigt, an den Riemen meiner Strumpfbänder zu fummeln. "Du bist doch sauber, oder? Ich werde dich schmecken."

"Dies ... dies ..."

"Schhh." Er knetet grob meinen Arsch. "Entspann dich einfach."

"Okay, sicher. Okay, sicher." Ich schließe meine Augen und meine Probleme tauchen überdeutlich auf. Ich bin pleite, ich bin obdachlos, mein Freund ist tot und ich bin auf der Flucht, ich werde bald alleinerziehende Mutter sein. *Ja okay, Jagger, ich werde mich einfach entspannen.*

Jaggers Zunge trifft auf eine Stelle und erzeugt einen tiefen inneren Juckreiz.

Er atmet in meine Muschi und ich zucke so hart zurück,

dass mein Kopf gegen die Wand stößt. Fuck. Jaggers neuer Spitzname ist "Giraffe", weil er eine erstaunliche Zunge hat.

"Was ist mit dir?" Ich keuche und schiebe mich hoch, um mich seinem Gesicht zu entziehen. Ich kenne die ‚neunundsechzig' und kämpfe mich durch, um seinen Schwanz in meinen Mund zu bekommen. Er schiebt seine Zunge in mich und stöhnet in meine Muschi. Seine Finger vergraben sich in meine Hüfte, verschmelzen mit meiner Haut und halten mich still, während er mich auf seinen Schoß zieht.

"Oooh, Jagger." Ich nehme meinen Mund lange genug von ihm weg, um bedeutungslose Geräusche zu machen. Seine Zunge tut unaussprechliche Dinge mit mir, und plötzlich spreche ich eine erfundene Sprache.

"Schhhhh." Er streichelt mich. Ich plappere weiter.

Sein schmutziger blonder Kopf taucht ein, seine Zunge streicht über einen bedürftigen Teil von mir. Jetzt bin ich an der Reihe, zu zischen und das Laken zu greifen. Seine Zunge fühlt sich größer an, gräbt tief, streift an der Seite meiner Innenwand entlang und verwandelt das wirbelnde Gefühl dort in einen Sog, der mich zu zerstören droht.

"Jagger, ich ... Fuck." Ich drehe mich in seinem Griff. Er drückt mich runter und erobert mich weiter. Ein tiefes Stöhnen vibriert gegen meine Muschi; er genießt das genauso wie ich. Vielleicht sogar mehr.

Er ist der Kunde. Ich erinnere mich. *Lehn dich zurück und denk an Baseball. Nein, nicht das, verzögere nicht deinen Orgasmus. Das wäre unhöflich. Denk an Mason - stell ihn dir vor - nein, nicht Mason, nicht ihn.*

Meine Glieder winden sich und streben nach etwas, das einfach unerreichbar ist. Jaggers Zunge schnippt an meiner Klitoris und meine Beine beginnen zu zittern. Ich kann an nichts mehr denken. Die lange dünne Lustsaite vibriert schneller und breitet sich ganz in mir aus. Sie reißt. Ich krampfe heftig, meine Beine schnappen so heftig um Jaggers Kopf, dass ich ihn fast abreiße. Er lacht direkt in meine Öffnung. *Fuck.* Ich zwinge mich, locker zu werden und auf die Seite zu kippen.

Er erhebt sich, wischt sich das Kinn ab, drückt meine Knie auseinander und dringt in mich ein.

Meine Muskeln verkrampfen sich um ihn herum, sie spannen sich an und lösen sich, während Wellen meines Höhepunktes durch mich rollen. Er legt seinen gebräunten Arm an meinen Kopf, zieht mein Bein über seine Schulter und klatscht seine Hüften gegen meine. Ich beiße die Zähne zusammen und halte mich fest, reite durch das Ende meines Orgasmus und geradewegs in einen anderen.

Jagger zieht sich zurück, bringt mich auf Hände und Knie und drückt mich von hinten nieder. Ich quäke, die Arme fuchtelnd. Ich verliere das Gleichgewicht und falle auf mein Gesicht. Jagger hämmert weiter. Meine gesamte untere Hälfte ist empfindlich. Meine Zehen krümmen sich, mein Hintern und die Rückseiten meiner Oberschenkel werden warm, weil er auf mich einhämmert. Ein weiterer Höhepunkt überrascht mich und ich zerbreche.

"Scheiße, Sierra, Scheiße", keucht Jagger. Mit einem letzten Stöhnen verharrt er tief in mir. Ich schaue mich in dem unordentlichen Raum um und wundere mich, dass das Gebäude noch steht. Jeder Orgasmus rüttelte meine Welt auseinander.

Jaggers Seufzer hallt durch mich wider.

"Das war ..." Meine Zunge fühlt sich zu groß für meinen Mund an. "Erstaunlich."

"Ich habe eine Pille eingeworfen", murmelt Jagger, sabbert auf das Kissen und wird auf halbem Weg ohnmächtig.

"Scheiße", sage ich ihm, und er lacht, wie Lincoln es

beim ersten Mal tat, als er und ich fickten: vor Überraschung und Freude.

ICH ERWACHE von dem Geräusch des strömenden Regen, eines Wasserfall, der am Fenster vorbeirauscht.

Ich hebe meinen Kopf. Ich muss ohnmächtig geworden sein wie ein Kerl. Kein Wunder, angesichts des Tages, der hinter mir lag.

Jagger schläft neben mir, seine gebräunten Glieder im Bett verteilt. In den Schatten ist sein Gesicht makellos, eingerahmt von Engelslocken. Er sieht süß und kuschelbedürftig aus, aber ich kann es kaum erwarten, aus dem Bett zu kommen. Ich bin nicht zum Kuscheln hier. Ich bin hier, um zu ficken. Als ich den Raum verlasse, denke ich, *einer erledigt, bleiben noch sieben.*

Der Wohnbereich ist dunkel. Ich flitze durch den Flur und lausche auf Lebenszeichen, aber es ist spät, und diese Männer haben den ganzen Tag gearbeitet. Sie werden alle schlafen. Ich muss das Sperma und den Schweiß und die Erinnerung wegspülen und ins Bett kriechen, allein. Lincoln würde mich wieder begrüßen, aber ich kann nicht, nicht heute Abend. Nicht mit all diesen Geheimnissen, die mein Inneres verbrennen.

Etwas lässt mich einen Umweg zu dem Tisch machen, an dem ich jeden Abend auftrete, an der Küche vorbei und zur Tür hinaus. Jenseits des Gebäudeüberhangs wachsen Schlammpfützen zu Seen und der Wald zittert im Regen. Ich stehe zwischen dem Gebäude und einer Wasserfläche, die über die Dachtraufe fällt, und fülle meine Lungenbläschen mit sauberer Luft auf.

Ich weiß nicht, was die Zukunft bringt. Aber ich weiß,

dass wenn ich das hier überlebe, den Gastauftritt beende und das Baby bekomme, werde ich nie wieder Sex in meinem Leben haben. Ich schwöre den Männern für immer ab. Lynny hatte Recht - sie machen bloß Ärger. Im Gegensatz zu Lynny werde ich nicht die Hoffnung hegen, dass ich einen guten finde. Meine Mutter vergeudete zu viele Jahre damit, von Kerl zu Kerl zu gehen und nach dem zu suchen, der uns retten würde. Uns unterstützen, sie richtig behandeln. Das ist nie passiert. Sie starb vor drei Jahren, und ich trat in ihre missglückten Fußstapfen – überließ mich Jack, weil ich dachte, er würde sich um mich kümmern.

Jetzt bin ich in der Holzfällerbaracke, umgeben von fremden Männern. Ich habe ein paar Monate Zeit, etwas Geld zu verdienen und mich vor den Höllenreitern zu verstecken, bis ich ihnen für immer entkommen kann. Aber danach: nicht mehr. Ich werde nie wieder jemandem vertrauen oder ihn anfassen. Ich werde diesen Kreislauf unterbrechen, bevor mein Baby geboren ist.

Ein heller Fleck durchbricht die Dunkelheit, leuchtet im Augenwinkel. Ein brennendes Auge - das Ende einer Zigarette. Als ich gegen das Gebäude zurückschrecke, taucht Mason aus dem Schatten auf. Er sieht mich und bleibt mitten in der Bewegung stehen. Für eine Sekunde sieht er unsicher aus.

Ich wende mich von ihm ab, wische mir die Augen ab und ordne meine Haare neu. Er könnte denken, mein Gesicht sei vom Regen nass geworden. Oder auch nicht. Es ist mir eigentlich egal.

Er bewegt sich in meine Richtung und ich halte eine Hand hoch. Ich will kein Mitleid von ihm.

Er bietet mir die Zigarette an. Ich schüttle den Kopf und wende mich ab, gehe zum gegenüberliegenden Rand des Gebäudes. Ich spüre seine Augen auf mir, während er sich

Zeit lässt, seine Zigarette zu Ende zu rauchen. Schließlich geht er nach drinnen und lässt mich allein, draußen, im Regen.

"UND WIE MACHEN WIR DAS?" frage ich Elon und Oren. Sie stehen zwischen mir und der Tür, rothaarige Monolithen mit ähnlich aufgeregten, wenn auch unsicheren Mienen. Vor ein paar Minuten tanzte ich auf einem Tisch für alle. Ich ergriff die Hand eines der Zwillinge und zog ihn in Richtung seines Zimmers. Ich wusste nicht, dass der andere folgen würde. "Das ist dein Zimmer, oder?" Der Raum ist ordentlich, aber planlos, mit Möbeln, die ungünstig um zwei zusammengeschobene Einzelbetten in der Mitte des Zimmers stehen. "Ist das dein Bett?"

"Wir teilen uns ein Bett", entgegnen sie gleichzeitig.

"Du ... okay." Ich fühle mich wie ein winziges Waldgeschöpf, das zu Füßen von zwei Roteichen huscht, also höre ich auf, zu ihnen hinaufzuschauen. Der Striptease des heutigen Abends brachte einen schwarzen BH und Tanga unter einem von Lincolns Arbeitshemden zum Vorschein. Den Zelten nach zu urteilen, die sich unter dem Esstisch erhoben, war mein Lumber Jane-Outfit ein Hit. Ich habe das Hemd und den BH während meines Auftritts verloren, aber nicht den Tanga. Ich hänge jetzt meine Finger in die Träger ein, bereit, ihn herunterzuziehen.

"Nein, lass mich das machen." Einer der Zwillinge geht vor mir auf die Knie. Ich nehme einen tiefen Atemzug, als er den Stoff zwischen großen Daumen und Zeigefingern einklemmt und den Stofffetzen abzieht. Der mächtige Mann, der eine so zarte Bewegung ausführt, öffnet meine persönlichen Schleusen, und als er seinen Kopf hebt, um seine blauen Augen auf meine zu richten, kann ich nicht sprechen.

"Sierra? Was sollen wir tun?"

Ich weiß genau, was ich will, obwohl ich meine Stimme kaum benutzen kann. "Ausziehen."

Die beiden Spiegelbilder sind damit beschäftigt, zu gehorchen, Jeans aufzuknöpfen, sich aus den Hemden zu schälen, um straff bemuskelte Unterarme zu zeigen, Unterhemden auszuziehen, während die Schatten über die wahnsinnige Perfektion ihrer Bauchmuskeln und ihrer Oberkörper tanzen. Mein Mund wird trocken, während sich in meiner unteren Körperregion alle verfügbare Feuchtigkeit sammelt.

Schließlich stehen sie nackt vor mir, ein Spiegelbild aus zerlumpten roten Bärten und aufgeregten blauen Augen. Ihre Hände schweben unbeholfen in der Luft. Orens Schwanz neigt sich nach links, der von Elon nach rechts.

Ich grinse wie Jagger.

"Okay. Also gut. Kondome." Während die Jungs mit dem Schutz herumfummeln, gehe ich zurück, bis meine Oberschenkel auf dem Bett aufschlagen, und setze mich hin, vorsichtig die Mitte des provisorischen Kingsize-Bettes nicht zu entzweien. Ich zeige wahllos auf einen von ihnen.

"Du kriegst mich zuerst, während er zuschaut. Dann wechseln wir."

Dann holt man sich gegenseitig einen runter und ich schaue zu, füge ich in Gedanken hinzu. Ich kann genauso gut alle Punkte auf meiner To do-Liste abarbeiten, bevor ich dem Sex für immer abschwören kann.

Die Jungs nicken und ich sinke vor ihnen auf die Knie. "Aber zuerst", flüstere ich und schließe meine Hände um ihre Schwänze. Einer zuckt leicht, als meine Finger ihn berühren, eine Reaktion, die sich beim zweiten Mal mit

Verzögerung wiederholt. *Ein Schwanz in der Hand ist mehr wert als zwei im Busch. Oder so ähnlich.*

Ich bewege den Kopf nach links, dann nach rechts und sauge leicht an den beiden Köpfen, während ihre Besitzer die Atmung schwer kontrollieren können. *Zwei Köpfe sind besser als einer.* Ich kichere und der nach links geneigte Schwanz springt mir ein wenig pulsierend entgegen. Oren macht einen Schritt zurück.

Sierra, fahr langsamer.

"Steigt auf das Bett. Hier." Ich springe auf und schiebe die beiden Betten auseinander, damit die Jungs einander gegenüber sitzen können. Ich lenke sie an ihren Platz und knie mich wieder hin, wobei ich sie in Griffweite halte, während ich erst an dem einen, dann an dem anderen saugen kann. "Entspann dich", sage ich, während Elons Oberschenkel sich anspannen. Ihre Beine und die Oberkörper sind mit roten Haaren und Sommersprossen übersät. "Gefällt dir das?" Ich reibe seinen Schwanz in meinem Mund herum. Sein Mund steht weit offen, aber er kann nicht antworten. Ihre Eier ziehen sich eng zusammen. Das wird nicht lange dauern.

Ich öffne meinen Mund, streichele Orens Oberschenkel und bewege mich nach unten. Gleichzeitig führe ich Elons Länge in meinen Mund. In dem Moment, in dem ihre Schwänze in der heißen, feuchten Höhle zwischen meinen Lippen verschwinden, erreichen sie den Höhepunkt. Ich summe um Elons Schwanz herum, schwelge in seinen erstickten Flüchen und wilden Fausthieben auf das Bett. Oren sackt über mich zusammen und murmelte unverständlich in mein Haar. Ich setze mich langsam auf, lecke mir die Lippen und lächle. "Noch mal?"

DREI NÄCHTE, und mein Leben fällt in einen neuen Rhythmus, ein leichtes Hin und Her zu einem Soundtrack aus Männerstimmen und schweren Maschinen. Ich schlafe den ganzen Tag und tauche zum Abendessen auf, lache und rede und unterhalte die Jungs, bis es für sie an der Zeit ist, den Tisch für meinen Tanz abzuräumen.

Jagger und ich erstellen aufwändige Playlisten mit allem, was Nicki Minaj bis hin zu 80er-Jahre-Power-Balladen zu bieten hat. Ich finde die bevorzugten Musikstile der Jungs heraus, und an ihrem Abend tanze ich zu ihren Lieblingssongs. Oder ich wähle Songs, die mich an sie denken lassen. *Booty Shorts* von Gucci Mane und *Lady Marmalade* für Saint. *The Man* von the Killers, *Girl Money* von the Kix und *Yankin* von Lady für Lincoln.

Elon und Oren: *Eineiige Zwillinge* von Crumbächer und *Who Can It Be Now?* von Men at Work.

Aufmerksamkeit von Charlie Puth für Jagger. *Man kann nicht immer* bei den Rolling Stones *bekommen, was man sucht.* Und, natürlich, *Moves like Jagger* von Maroon 5. Beim letzten Mal stand er auf und tanzte mit mir.

Lincoln hatte Recht mit Roy und Tommy - beide sind absolut höflich, lehnen aber eine Nacht mit mir ab und winken ebenso bei jedem Lap Dance ab. Zwei Jungs weniger zu ficken, und ich bin so dankbar, dass ich ihnen eine Vorstellung widme und mit einem Essensthema kombiniere: *Cherry Pie* von Warrant, *Cookie* von R. Kelly und *Pour Some Sugar on Me* von Def Leppard.

Aber für Mason ... ah, Mason. Ich finde für ihn einen Song von Cruel Youth namens *Hate Fuck*. Und *"Undisclosed Desires"* von Muse. Obwohl der letzte Song vielleicht mehr damit zu tun hat, was ich für ihn empfinde. Sein Blick trifft mich während der Show so hart, dass ich mich zwingen muss, mich nicht hinter Lincoln oder Jagger zu verstecken.

Sogar die sorgfältig ausgeblendete Maske von Saint wäre leichter zu ertragen als Masons zunehmender Hass.

"Nun, Mason?" Frage ich, als der letzte Akkord verklingt. Roy und Tommy sind bereits verschwunden, zusammen mit den Zwillingen. Ich wette, Elon und Oren haben sich einen runtergeholt und sind in ihrem Franken-Bett ohnmächtig geworden. Gestern Abend habe ich getanzt und gestreichelt und alles getan, was ich konnte, um sie aufzurichten, damit ich sie ein zweites, dann ein drittes Mal ficken konnte. Man muss ihre jugendliche Ausdauer lieben. Wir haben so viel gevögelt, dass meine Brüste und mein Rücken von ihren rostigen Brusthaaren wund sind.

Mason starrt die Wand an.

"Mason", singe ich. Er kann mich nicht ewig ignorieren. Wir sind nicht zwölf. "Es ist deine Nacht. Normalerweise schlafe ich nicht mit Typen, die hübscher sind als ich, aber das gehört zum Gig ..."

"Nein."

"Komm schon Mann, es ist schon eine Weile her. Du brauchst offensichtlich einen guten Fick." Jagger krampft vor Lachen.

"Halt die Klappe", murmelt Mason in die Richtung seines Arbeitskollegen. "Ich brauche keine Mitleidsmuschi."

"Dann schlage ich dir Prozac vor", sage ich freundlich. Mason will bereits zustechen und sucht nach einer entsprechenden Beleidigung, aber bevor er mich tatsächlich verletzen kann, steht Lincoln zwischen uns auf.

"Komm mit, Sierra."

Ich lasse mich von dem Mannschaftsführer in seinen Raum ziehen. Nachdem er die Tür geschlossen hat, kann ich aufatmen. Die Enge in meiner Brust seit dem Tag, an dem ich erfuhr, dass ich schwanger war, ist nicht verschwunden.

"Wie geht es dir?" fragt Lincoln. Er steht zwischen mir und der Tür, ein solides Hindernis für alles und jeden, der mich holen will. *Sicher,* sein breiter Körper flüstert mir im gedämpften Licht zu. Seine dunklen Augen laden mich ein, schwach zu sein, mich ihm anzuvertrauen.

"Was glaubst du, wie es mir geht?" frage ich.

Sein Seufzer durchdringt mich und setzt sich in meinem Inneren fest, während ich auf dem Bett dahinschmelze. "Ich hoffte, Mason würde wieder zu sich kommen."

Ich zucke mit den Achseln. "Ich habe ihm nichts getan."

"Ich weiß. Gib ihm etwas Zeit."

Ich nagte an meiner Lippe. Soll ich weiterhin anbieten, ihn zu ficken? "Ich will nicht lästig sein. Wie eine kleine Schwester."

"Vertrau mir, Sierra", streckt sich Lincoln neben mir auf dem Bett aus, und mein ganzer Körper beginnt zu kribbeln. "Niemand hier hält dich für eine Schwester."

S ierra

DER VORMITTAG in der Lodge ist mein Favorit. Die Lodge leert sich kurz nach dem Frühstück, lange bevor der Kaffee-duft mich aus dem Bett lockt. *What to expect When You're expecting* rät vom Kaffee ab, aber ich habe den Wein bereits aufgegeben, und ich möchte meinen Lebenswillen nicht verlieren. Ich achte darauf, nur wenig von dem teerartigen Zeug zu trinken, und füge Tonnen von Milch und Zucker hinzu. Das Baby schätzt Koffein auf nüchternen Magen nicht.

Ich streichle meinen Bauch und mustere mich im Spie-gel. Die kleinste Kurve, der geringste konvexe Bogen. Nicht genug, damit ein Mann es bemerkt, es sei denn, er sucht danach. Nichts, was ein Sweatshirt nicht verstecken könnte. Wenn der Herbst kommt, werde ich in Pullovern schwimmen. Die Jungs werden denken, das ganze gute

Essen von Saint hat sich endlich durchgesetzt. Ich atme tief ein, ziehe meinen Bauch ein, wie ein Teenager, der Angst hat, dass er dick wirken könte. So eine belanglose Sorge, verglichen mit dem Schrecken, den mein Leben jetzt bereithält.

Ich bin auf halbem Weg in die Küche, mein Magen knurrt nach all den Verrenkungen, die ich vor dem Spiegel gemacht habe. Wenn ich weiterhin alle paar Stunden den Kühlschrank plündere, werde ich wirklich fett.

Das Geräusch von Motorradrohren lässt mich erstarren.

Oh nein, nicht hier. Nicht, wenn ich so weit gekommen bin und so sehr versuchte, mich zu verstecken.

Schreie im Hof - wer auch immer hier ist, wurde erwartet. Ich husche in die Küche, gerade als sich die Tür öffnet und Saint mit einem Helm und der größten Lederjacke, die je hergestellt wurde, hereinkommt. Er bleibt stehen, als er mich sieht. Seine Stiefel sind mit Schlamm bespritzt.

"Sierra?"

Ich finde meine Stimme wieder. "Du fährst Motorrad?" Ich versuche zu lächeln, aber es rutscht mir aus dem Gesicht.

Er beobachtet mich ganz angespannt, studiert mich beinahe. Wir sind zu einem Waffenstillstand übereingekommen, Saint und ich. Er füttert mich, ich verzehre sein Essen und er schickt Lincoln nicht los, um eine andere Frau zu holen.

"An meinem freien Tag. Habe hinten ein Rad. Habe es nur rausgenommen, um sicherzugehen, dass es noch läuft."

"Ah." Ich frage ihn nicht, warum er frei hat, wenn alle anderen arbeiten. Soweit ich das beurteilen kann, kündigt er an, was er tun will, und alle schleichen auf Zehenspitzen umher, damit es funktioniert.

Ich merke, dass ich ihn anstarre und senke meinen Blick

auf den Boden. "So", beginne ich zittrig. "Wir sollten über ... deine Nacht reden."

Sein Gesichtsausdruck wird leer, so wie damals, als er mich zum ersten Mal sah oder wenn ich tanzte. Er flitzt an mir vorbei, legt seinen Helm auf den Küchentisch.

"Lincoln sagte mir, ich solle mit dir darüber reden. Zuerst."

Eine Pause. Er öffnet die Kühlschranktür, schaut hinein. "Hast du schon gegessen?"

"Ich habe vorhin einen Keks gegessen." Speichel überschwemmt meinen Mund. Jetzt, da ich sechs Mahlzeiten am Tag bekomme, hat sich die Übelkeit zurückgezogen. Aber ich bin immer bereit für mehr Essen. "Ich könnte was vertragen."

"Wonach ist dir zumute?" Er betrachtet feierlich den Inhalt des Kühlschranks. Essen ist für Saint eine ernste Angelegenheit.

"Gibt es Schokolade?" platze ich heraus und wünschte, ich könnte es zurücknehmen.

"Hast du ein Verlangen, Mädchen?" Sein Kopf ist im Kühlschrank versteckt, aber ich höre das Lächeln.

"Nein! Nicht das. Kein Verlangen." Nur schwangere Frauen bekommen Heißhunger, richtig? Saint dreht sich zu mir um, und ich suche in seinem Gesicht nach irgendeinem Zeichen, dass er meinen Zustand bereits kennt. Warum sonst sollte er das Wort "Verlangen" benutzen? "Ich liebe einfach Schokolade. Früher habe ich sie zum Frühstück gegessen. Manchmal aß ich den ganzen Tag nichts anderes als Schokolade."

Seine Augen sind schmal.

"Aber mir geht es gut. Ich kann bis zum Mittagessen warten. Ich habe kein ... Ich habe kein Verlangen." Meine Hände schweben über meinen Bauch. Saint fixiert seinen

Blick auf sie, und ich zwinge sie, auf meine Hüften gleiten zu lassen. Gah, es ist, als könnte er meine Gedanken lesen. *Denk nicht an schwangere Dinge.*

"Komm schon." Er geht den Flur entlang und bittet mich, ihm zu folgen. Ich fühle mich wie Jack in der Bohnenstangenplantage, der auf Zehenspitzen hinter dem Riesen herläuft.

Der Raum von Saint ist der allerletzte und größer als jeder andere. Als ich eintrete, dreht er sich um, eine große Tafel Schokolade in der Hand. Ich könnte vor Glück weinen, aber dann entdecke ich die Regale hinter ihm.

"Heilige Scheiße", rufe ich. Das Zimmer von Saint ist mit so ziemlich der einzigen Sache gefüllt, die mich von Schokolade ablenken kann.

Bücher.

"Du liest?" rumpelt er, nachdem ich mich im Kreis gedreht habe, und nehme die Reihen und um Reihen und Stapel und um Stapel in mich auf. Es gibt genug, um eine Bibliothek zu füllen und noch mehr.

"Äh, ja", spöttele ich, bis ich merke, dass er mich verarscht. "Tust du das? Hast du die alle gelesen?"

"Ja."

"Fantastisch", atme ich tief ein, drehe mich zum nächsten Regal und streiche ehrfürchtig die Bücherrücken hinunter. Es gibt alles, von Mathelehrbüchern bis hin zu großen gedruckten Bestsellern. Ein verblasstes Exemplar von *Call of the Wild*, direkt neben dem Bett.

"Liest du gerne?"

"Ja." Ich blinzle und bin den Tränen nahe. Das Zimmer von Saint riecht nach Schokolade und einer Bibliothek. Mein Lieblingsgeruch. Wo auch immer ich war, wo auch immer meine Mutter mich in ihrer verrückten Hippie-Reiselust oder ihrer Loyalität zu einem beliebigen Biker-

Mann hinzog, ließ ich mich mit Büchern und Schokolade nieder und wusste, dass ich zu Hause war.

Ich zeichne die Titel immer wieder mit meinen Fingern nach. Saint hat eine vielfältige Sammlung. Klassiker, Krimis, sogar Romantik und Wirtschaftspsychologie. Einige Titel sind verblasst, andere haben knittrige Buchrücken und schmutzige Ränder. Als ich zu einem Bild komme, das eine Frau zeigt, die ihren großen schwangeren Bauch umarmt, höre ich für eine Sekunde auf zu atmen. "Diese Bücher - kann ich mir welche ausleihen? Ich bringe sie zurück."

"Nimm dir, was immer du willst."

Ich trete zurück und tue so, als würde ich andere Titel durchsehen, schnappe mir wahllos ein paar, bevor ich zurückkehre, um den Schwangerschaftsführer zu dem Haufen zu legen. Ich weiß nicht, was ein zwei Meter großer, 300 Pfund schwerer Kerl mit einem Buch wie *What to Expect When You're Expectations* macht, aber ich werde ihn garantiert nicht nach dem Warum fragen.

Eigentlich weiß ich es. Der Anblick von Saint reicht aus, um ein Mädchen schwanger zu machen.

Gestern sah ich ihn unter der Dusche, die Augen geschlossen, Wasser strömte über seine Obsidianhaut, lief in glatten Bächen über die Ebenen seiner Brust und über seine kieseligen Bauchmuskeln. Er drehte sich leicht um, und ein dunkles, sich schlängelndes Monster stach aus einem in Granit gehauenen Oberschenkel hervor. Ich eilte hinaus, bevor er mich beim Anstarren erwischte, eilte in mein Zimmer und brachte mich mit ein paar sanften Berührungen zum Höhepunkt. Nach diesem Anblick durch die halb aufgerissene Tür wäre ich bestimmt schwanger geworden, wenn ich es nicht schon wäre.

Vielleicht hat er deshalb das Buch.

Sobald das Schwangerschaftshandbuch sicher zwischen

ein paar Liebesromanen und einem dicken Thriller versteckt ist, drehe ich mich um und umklammere die Bücher fest. Saint steht mit dem Rücken zu mir und durchwühlt ein paar Haufen, bevor er sich umdreht.

"Hier." Er wirft ein Buch nach mir. "Lies das."

"*Sex im Morgengrauen*?" Ich verwandle den Titel in ein Fragezeichen. "Ist es ein Liebesroman?"

"Sachbuch."

Ich runzele die Stirn und drehte es um, um die hintere Beschreibung zu lesen. Saint fordert mich auf, mich zu setzen, also tue ich es, lege meine anderen Fundstücke nieder und schlage das Buch auf.

Fünfzehn Minuten später schaue ich auf und blinzele. "Der Mensch glaubt, ein Poly zu sein."

Saint sitzt ein paar Meter entfernt, auf einer Art Stamm. Seine Lippen öffnen sich über seine weißen Zähnen, wenn er grinst. "Du liest schnell."

"Früher habe ich meine Vorlesungen durchgelesen." Lynny hat uns viel bewegt, ich war immer im Rückstand. Ich habe gelernt, Lehrbücher durchzulesen, um den Rückstand aufzuholen. Infolgedessen wurde ich nie um eine Note zurückgehalten. Ich hätte meinen Abschluss gemacht, wenn nicht als Klassenbeste, dann zumindest nicht annähernd als Schlusslicht. Aber dann starb Lynny, und ich ging nicht mehr zur Schule zurück. Ich war zu sehr damit beschäftigt, ihrem fragwürdigen Beispiel zu folgen, in einem Motorradclub herumzuhängen und mich an den nächstgelegenen verfügbaren Typen zu hängen, der so aussah, als würde er mich nicht schlagen. Und nun sieht man, wohin mich das gebracht hat.

"Hier." Saint reicht mir den Schokoriegel. "Iss das. Du siehst aus, als würdest du gleich ohnmächtig werden."

"Danke", murmelte ich. Ich sauge die Kauschokolade

herunter und entspanne mich, eine Hand auf dem Bücherstapel, als ob sie mir Kraft gäbe. Saint sagt nichts, sein Gesichtsausdruck signalisiert nichts, und er sitzt mit verschränkten Armen über seiner großen Brust, die Schokoladenaugen fest auf mich gerichtet. Als ich mit dem Essen fertig bin, bewegt er sich zur Mülltonne, wo ich die Verpackung wegwerfen kann, aber er macht keine Bewegung, um noch etwas zu sagen oder mich rauszuschmeißen.

Der Zucker macht mir Mut, seinem starren Blick zu begegnen. "Heute Nacht ... willst du mich ficken?"

Er kratzt sich an seinem stoppeligen Kinn und beobachtet mich immer noch. Er bewegt sich nicht, aber ich fühle mich zerstückelt, jeder Teil meines Körpers getrennt und gegen ein unsichtbares Gleichgewicht gewogen. Vielleicht fragt er sich, ob ich stark genug bin, ihn aufzunehmen. Ich erröte, wenn ich nur daran denke und mich an seinen nackten Körper in der Dusche erinnere. Der Blick in seinen Augen lässt meine Muschi kribbeln. "Nicht heute Nacht", sagt er schließlich. "Samstag. Ruh dich den ganzen Tag aus, dann komm zu mir."

ICH STEHE unter der Dusche und lasse das heiße Wasser meine Schmerzen lindern. Das Engegefühl in meiner Brust hat sich nach dem Besuch bei Saint und der Ausleihe einiger Bücher etwas gelockert. Ich habe bereits mit der Lektüre des Schwangerschaftsbuches begonnen. Es ist ziemlich allgemein, an manchen Stellen fade, an anderen etwas beängstigend. Es gibt so viele Variablen. So viele Dinge, die schief gehen können. Aber nur um ein Kind zu bekommen, müssen so viele Dinge richtig laufen. Vielleicht wird alles gut werden.

Ich bin kurz vor dem Ende, als Schritte um mich herum widerhallen. Ich bin allein in der großen Gemeinschaftsdusche. Saint ist mit dem Lastwagen etwas besorgen gegangen, und der Rest der Jungs arbeitet noch. Soweit ich weiß, ist die Hütte und der ganze Parkplatz leer.

"Saint?" rufe ich, meine Stimme zittert im leeren Raum. Die Schritte bleiben stehen. Bevor ich das Wasser abstellen und ein Handtuch holen kann, kommt Mason herein, barfuß, ohne Hemd und in Jeans. "Mason? Was machst du denn hier?"

Er antwortet nicht. Sein Blick schweift über meine nackte Gestalt und seine Lippen verziehen sich.

Ich greife nach dem Wasserknopf.

"Nein", ertönt seine wütende Stimme. Ich stehe klein und nackt und verletzlich unter der warmen Gischt, während er vorwärts schreitet und stehen bleibt, als das Wasser den Saum seiner Jeans bespritzt. Sein Atem rast ein und aus, seine gebräunte Haut errötet an den Spitzen seiner Wangenknochen. All dieser Hass in seinen dunklen Augen. All seine unerklärliche Wut, die auf mich gerichtet ist.

Er macht einen weiteren Schritt in meine Richtung, die Bewegung zieht meine Augen nach unten, und ich sehe seine Erregung, sogar durch den dicken Stoff seiner Jeans. Ich öffne meinen Mund, um etwas zu sagen, als er mir einen weiteren harten Befehl erteilt.

"Mit dem Gesicht zur Wand."

Taubheit übermannt mich, aber ich tue, was er sagt.

"Hände auf die Kachel."

Auch diese Aufforderung erfülle ich, mehr um mich aufrecht zu halten als um zu gehorchen. Meine Beine sind nur ein wenig gespreizt.

Das Geräusch des Wassers verändert sich und trommelt gegen den harten Rücken und die harte Brust eines Mannes und seine festen Jeans. Ich frage mich, ob das Wasser, das über sein Gesicht läuft, irgendetwas dazu beiträgt, seinen Ausdruck zu mildern. Ob es die Wut besänftigt, die er wie eine Rüstung zwischen uns aufrechterhält. Dann jedoch klemmt sich seine Hand an meinem Nacken fest, hält mich starr und drückt meine Stirn gegen die Wand. Mein Körper wird schwach, während sich seine Finger entlang meiner Kehle zusammenziehen. Für einen Moment wird alles dunkel, nur das Geräusch des Wassers, das auf unsere Körper klatscht, Masons Atem zischt an meinem Ohr vorbei.

"Verdammte Hure", murmelt er.

Ich lecke mir die Lippen und arbeite meinen Mund auf und ab, bevor ich mutig genug bin, zu antworten. "Hure, Schwanzlutscher, Schlampe - du solltest wirklich an deinen Beleidigungen arbeiten."

"Halt die Klappe." Sein Griff ändert sich, seine Hand gleitet unter mein Kinn und hält mich aufrecht. Sein Daumen streicht über meinen Puls. Sein anderer Arm zuckt in der Ecke meines Blickfeldes. Meine Fäuste verkrampfen sich an der glatten Wand, während Masons Atmung rascher wird. Er schlägt gleich zu, da bin ich mir absolut sicher. Sein Schwanz zielt auf meinen Hintern. Ich mache ein leises Geräusch und seine Finger verkrampfen sich an meiner Kehle. Ich werde heute Nacht blaue Flecken haben. Ich muss sie mit Make-up abdecken oder sie Lincoln erklären.

"Anita", stöhnt er, und ich erstarre. Was soll der Scheiß?

"Mason", beginne ich, und seine Finger ziehen sich zusammen, bissig und grausam. "Nein", zittere ich. Meine Haut ist nass, sie lässt sich leicht aus seinem Griff lösen. Oder vielleicht lässt er mich los, sobald ich tatsächlich gegen ihn ankämpfe.

Ich drehe mich um und begegne seinem grellen Blick.

Ich hatte Recht, seine Jeans sind gerade so weit offen, dass er seinen Schwanz halten kann. Über das enge V, das zu seinem Schritt führt, laufen Fäden.

Was zum Teufel glaubst du, was du da tust? Sagen seine Augen , verengt unter wütenden Brauen. Die Hand auf meinem Arm versucht, mich mit dem Gesicht zur Wand zu drehen.

"Nein", sage ich. "Du siehst mich an, wenn du mich fickst."

Er neigt den Kopf, und Wasser läuft über das engelsgleiche Gesicht, das zu dem eines Dämons verzogen ist. Wird er mich jemals mit etwas anderem als Ekel ansehen?

Ich stehe meinen Mann, so autoritär, wie ich ohne Kleidung sein kann. Das Wasser wird kühl.

Also gut. Er zerrt an meinem Arm und zieht mich nach unten. "Knie nieder."

Ich gehorche und senke mich vorsichtig. Seine linke Hand ergreift mein nasses Haar, während er seinen Schwanz zu meinen Lippen führt.

"Saugen."

Es kribbelt in der Muschi, ich atme tief ein und öffne den Mund.

Wasser ergießt sich über uns beide und verwischt meine Sicht. Er ist warm in meinem Mund und ich summe ein wenig, bewege meinen Kopf und stelle mich auf ihn ein. Ich greife hoch, um ihm zu helfen, und er schüttelt den Kopf. *Keine Hände.* Währenddessen bewegen seine Hände meinen Kopf hin und her und kontrollieren mich. Ich lasse mich führen und umarme seine unausgesprochenen Befehle. Seine Hand bewegt meinen Kopf in einem groben Rhythmus auf und ab. *Ungefähr so.* Der Schlag seiner Hüften, der seinen Schwanz weiter in meinen Mund treibt. *Hört nicht auf.* Ein Zwicken, als sich sein Griff in meinem Haar zusammenzieht. *Und das wars. Nimm alles.*

Ich würge, die Hände über seinen harten Oberschenkeln in der Luft schwebend. Meine Tränen vermischen sich mit dem Duschstrahl. Er zerrt an mir, sein Griff ist hart genug, um mir Tränen in die Augen zu treiben. Ein Atemzug, und er zwingt mich wieder nach unten. Ich lockere meine Wirbelsäule, mein ganzer Körper eine Marionette in den Händen eines Meisters. Ein Stöhnen sagt mir, dass es bald vorbei sein wird. Etwas Salziges ergießt sich über meine Zunge, und dann zieht Mason sich zurück. Ich zucke mit dem Gesicht zurück, die Augen geschlossen, als die Dusche alles wegspült.

Eine sanfte Berührung meines Kiefers. *Braves Mädchen.* Ich greife hoch, um seine Hand zu bedecken, aber er tritt schon weg, dreht das Wasser ab und geht in nassen Jeans davon. Ich bin immer noch auf meinen Knien und frage mich, was zum Teufel gerade passiert ist.

SPÄTER AN DIESEM ABEND liege ich im Bett und streichele mir den Bauch. *What to Expect When You're Expecting* liegt neben mir, versteckt unter einem großformatigen Thriller.

"Geht es dir gut?" Jagger kauert sich in den Türrahmen und wartet, bis ich ihn hereinwinke.

"Ja. Nur müde."

"Wir machen dich fertig?" Seine Augen verziehen sich in einem Lächeln.

Ich lache. "Du weißt es."

"Aber im Ernst", er sitzt neben meinen Füßen, hebt sie auf und legt sie in seinen Schoß. Jagger erkennt immer noch keine Grenzen. "Bist du in Ordnung?"

"Oh ja", ich gähne und strecke mich. Sein Daumen streicht über meine Fußsohle, und ich löse mich in einem Stöhnen auf. "Oh, mach das noch mal."

"Behandelt dich jeder richtig?"

"Du klingst wie Lincoln." Der große Mannschaftsführer kam nach dem Tanz heute Abend herein, um mich genau zu befragen, was ich bisher von dem Job halte.

"Was hat er gesagt?"

"Er wollte nur wissen, ob ich mit allem einverstanden bin. Ich sagte ihm, dass es bisher keine Verstöße gegen die OSHA gab."

Jagger knetet mir immer wieder grinsend die Füße. "Wessen Nacht ist das?"

"Uhhhh, ich glaube, es ist immer noch Masons." *Nur dass Mason und ich unseren Moment bereits hatten. Irgendwie schon.* "Ich weiß nicht. Saint will mich am Samstag. Ich habe es mit allen anderen gemacht, außer mit Roy und Tommy."

"Mmmhhhmmm", murmelt Jagger wissentlich.

"Was? Was weißt du?"

"Es sind Roy und Tommy."

"Ja, und ... Sie sind so süß. Ich glaube, sie schauen gerne zu, aber danach gehen sie immer alleine los."

"Du meinst, sie gehen immer zusammen weg." Er betont das Wort "zusammen".

Mein Mund klafft auf. "Was? Nein ..."

"Ja." Jagger wackelt mit den Augenbrauen. "Shhh. Frag nicht, sag nichts. Aber wir sind damit einverstanden." Seine Stimme wird leiser. "Die anderen Crews sind es vielleicht nicht. Aber Lincoln hat deutlich gemacht, dass er es ist, und wir halten uns daran. Er ist ein so guter Anführer, hat eine perfekte Sicherheitsbilanz, die Firma wird ihm alles geben, was er will."

"Nur um das klarzustellen: Roy und Tommy sind zusammen", buchstabiere ich. Jagger nickt. Schwule Holzfäller. Wer hätte das gedacht? "Kein Wunder, dass sie keine Nacht wollen."

"So wird dein Terminkalender wieder frei."

Ich zucke mit den Achseln. Wenn Jagger eine weitere Nacht will, muss er die ganze Arbeit machen. Obwohl, wenn er an meinen freien Abenden meine Füße so reibt, könnte ich ihn trotzdem überfallen.

Jagger lacht, und ich merke, dass ich meinen letzten Gedanken laut ausgesprochen habe. "Also mit all diesen Typen schlafen? Macht es dir wirklich nichts aus?"

Ich zucke wieder mit den Achseln. "Ich bin damit einverstanden. Saint gab mir dieses Buch." Ich durchstöbere meinen Stapel mit Leihgaben, wobei ich darauf achte, den Schwangerschaftsführer versteckt zu halten. "Es theoretisiert, wie menschliche Gemeinschaften früher polyvalent waren. Polyamorös", stelle ich klar, weil Jaggers Augenbrauen verwundert nach oben schießen. "Genauer gesagt, eine Frau würde sich mit mehreren Männern paaren."

Jaggers Hände sind still, während er mich anstarrt.

"Was? Ich habe mir das nicht ausgedacht!" Ich blättere durch das Buch. "Sie denken, sie haben Beweise, die auf physische Eigenschaften basieren. Zum Beispiel ist der Penis wie eine Schaufel geformt, sodass er Samen aus der Vagina herausschaufeln kann, bevor er seine eigene Ablagerung hinterlässt. Und Frauen schreien während des Orgasmus - was eine Möglichkeit gewesen sein könnte, mehr Männer zur Befruchtung zu rufen."

Jaggers Augen sind auf meinem Gesicht eingefroren. Ich winke mit den Händen in der Luft, als ob sie mir bei der Erklärung helfen können.

"Sie glauben, dass dies eine Menge darüber erklärt, warum Frauen länger bis zum Orgasmus brauchen. Und die vorzeitige Ejakulation. Wenn ihre Theorien richtig sind, besitzt ein Mann, der früher fertig wird, eine Eigenschaft, die bedeutet, dass sein Samen als erster eintrifft und als erster Wurzeln schlägt. Die Evolution würde sich dafür entscheiden. Ich weiß es nicht", beende ich murmelnd und treffe nicht auf die großen Augen von Jagger. "Ich denke, es macht Sinn."

"Sierra, ich ..." Jagger schüttelt ständig den Kopf. Mein Fuß ist immer noch zwischen seinen Händen, und ich versuche, ihn zu entfernen. Er hält ihn fest und massiert weiter, auch wenn er mich wie ein Zootier ansieht. "Ich weiß nicht, was ich sagen soll. Das ist nicht das, worüber ich zu sprechen erwartet habe."

"Es ist jedenfalls interessant, darüber nachzudenken."

"Ja, das ist es definitiv. Aber was ist mit deinen Gefühlen? Vergiss die vorzeitige Ejakulation und die natürliche Auslese. Wie fühlst du dich, wenn du mit einem Haufen Jungs zusammen bist?"

Ich öffne meinen Mund, um zu antworten, und ein Schatten fällt über die Tür. Mason betritt mein Zimmer und klopft mit der Faust an meiner Tür, als ob er nicht einfach in meinen Raum hereingeplatzt wäre. "Störe ich?"

Da mein Mund noch offen ist, versuche ich mir zu überlegen, was ich antworten soll. Jagger runzelt die Stirn. "Was machst du hier?"

"Das ist meine Nacht, oder?" Der schöne Mann wendet sich bereits ab. "Komm in fünfzehn Minuten in mein Zimmer."

"Uh, wha ..." Ich schaffe es, herauszukommen, bevor Jagger auf den Beinen ist.

"Es war deine Nacht. Gestern Abend. Du wolltest nicht. Jetzt ruht sie sich aus."

Jetzt klafft mein Mund vollkommen offen, da Jagger

mich so verteidigt. Seine Schultern sind angespannt, die Hände zu Fäusten gebogen. Mason dreht sich um, und die beiden Jungs stehen sich gegenüber. Sie sind nicht so groß wie der Rest der Mannschaft, aber sie haben genug Wut und Muskeln, um eine gewisse Gefahr darzustellen.

"Hey, warte", werfe ich schwach ein. "Es ist okay." Ich schaue Mason an und frage mich, ob er sich in der Dusche so sehr amüsiert hat, dass er mehr wollte. Ich möchte es nicht erwähnen; es erschien mir sehr seltsam, dass Mason in der Lodge war, während alle anderen arbeiten waren. Ich möchte ihn jedoch nicht in Schwierigkeiten bringen.

Dass ich Mason verteidige, ist ebenfalls seltsam.

"Mir geht es gut", beruhige ich Jagger. "Mason hat recht. Jetzt ist er dran. Ich bin gleich da." Ich stehe auf und beschäftige mich damit, meine Bücher zu sortieren. Was soll ich anziehen?

Als ich umkehre, ist Mason weg. Jagger hat seine Arme über der Brust verschränkt. "Du musst das nicht tun."

"Es ist in Ordnung." Trotz allem bin ich aufgeregt, ein verräterisches Kribbeln strahlt an meinen Oberschenkeln hoch. "Er ist nur mürrisch. Es ist wahrscheinlich alles nur ein Schrei nach Aufmerksamkeit."

"Nein, ist es nicht. Er ist gefährlich." Jagger lehnt sich an die Tür und kaut an seiner Lippe.

Ich zucke mit den Achseln, selbst als die Aufregung durch meinen Körper strömt, und erinnere mich an das Wasser, das über Masons unmögliche Wangenknochen läuft, an seine harten Befehle. *Nein*, ich sage mir ernsthaft, *es war nicht heiß. Es war unhöflich. Es hat dir nicht gefallen.*

Aber ich bin ihnen gefolgt.

Ein paar Minuten später gehe ich hinunter in Masons Zimmer. Mein Erzfeind steht vor der Tür, den Kiefer geballt. Er dreht sich um und geht hinein und erwartet, dass ich ihm folge. Sein Zimmer ist ordentlich, keine Bücher, kein Durcheinander oder Anzeichen von Persönlichkeit. Das Bett sieht aus, als hätte noch nie jemand darauf geschlafen. *Vielleicht schläft er kopfüber, von der Decke hängend, wie eine Fledermaus.* Ein Grinsen entkommt mir, bevor ich es aufhalten kann.

Masons schwarze Brauen ziehen sich zusammen. "Mit dem Gesicht zur Wand", befiehlt er.

"Das schon wieder?" murmle ich, drehe mich aber in Richtung der Holzkommode, als er auf mich zukommt. Seine Hand klatscht gegen meinen Hintern und lässt mich aufspringen. Der Klaps tut nicht weh, aber ich schaue neugierig zu ihm zurück.

"Bleib, wo du bsit." Seine Arme reichen um mich herum, und er öffnet grob meine Jeans und zieht sie herunter. Ich halte mich an der Kommode fest, um das Gleichgewicht zu halten.

"Willst du mich filzen?" Ich kann nicht anders, als zu grinsen. *Halt die Klappe, Sierra.* Ich sage es mir eine Sekunde, bevor er dasselbe entgegnet.

"Keine Unterwäsche?" fragt er, und ich zucke mit den Achseln. Für den Gang durch den Flur tauschte ich meine Pyjamahose in eine Jeans um, ließ aber mein Mieder zurück. Kein BH oder Unterwäsche; ich sah keinen Sinn darin. "Verdammte Schlampe."

"Das bin ich", murmelte ich und atmete tief ein, als er seine Finger in meine Muschi schiebt. Nicht weil es wehtut, sondern weil es sich gut anfühlt.

Ich verdrehe mich, um seine Reaktion zu sehen. Wenn er erwartet hat, mich trocken zu ficken, hat er Pech gehabt. Seine Augen weiten sich, als seine Finger ganz hinein gleiten.

"So ist es", flüstere ich, während sich jede Zelle meines

Körpers auf den willkommenen Eindringling konzentriert. "Ich bin verdammt feucht für dich. Muss dein hübsches, einnehmbares Gesicht sein."

Seine Augen sind feindselig, seine Finger strecken sich und dehnen mich, stoßen grob zu. Er sieht aus, als wolle er mir wehtun, aber er kann es nicht. Ich bin zu nass.

Ich lache ihm direkt ins Gesicht. "Ist es schwer, Mason? Die Hübscheste im Lager zu sein?"

"Halt die Klappe", atmet er, seine Pupillen wachsen, bis seine Iris dünne Umberringe sind. "Ich werde dich so hart ficken. Du wirst tun, was ich sage, denn ich bezahle dafür. Du bist die Hure."

"Ihr Wunsch ist mir Befehl." Ich drehe ihm die Finger ab und gleite langsam auf den Boden, sodass ich zusehen kann, wie sich sein Körper zusammenzieht und seine Augen Feuer fangen. Auf halbem Weg greift er mein Haar, hart genug, damit es brennt, und präsentiert seine nassen Finger an meinen Lippen.

"Lutsch sie, Hure", befiehlt er. "Zeig mir, was du tun kannst."

Ich ziehe ihm die Boxershorts herunter und verschlinge stattdessen seinen Schwanz. Er zischt, taumelt zurück, bis seine Beine auf dem Bett aufschlagen. Ich schnappe mir seine Eier und summe, während ich mit meiner Zunge seine Länge umrunde, ziehe sie am Boden entlang und lecke über den kleinen Schlitz an seinem breiten Kopf. Er greift in mein Haar fester, aber ich drücke nach vorne, ignoriere den Schmerz in meiner Kopfhaut und führe ihn in die Tiefe.

"Fuck."

"Ihr Wunsch ist mir Befehl." Ich stehe auf und ziehe mein Hemd in einer Bewegung aus. Meine kleinen Brüste hüpfen und fallen ihm ins Auge. Ich nutze die Ablenkung, um mich zu bewegen, drücke meinen bleichen Körper an ihn und umarme ihn wie ein Liebhaber.

Er dreht uns und rollt, sodass ich auf dem Rücken liege. Seine Hände schließen sich um meine Handgelenke und reißen sie von ihm weg.

"Fass mich nicht an", gibt er zu bedenken.

"Schwer zu ficken, ohne dich zu berühren", schieße ich zurück, und er lässt eine Hand frei, um mir zwischen die Beine zu schlagen. Seine Handfläche verbindet sich mit meiner Muschi und ich kläffe. "Fuck." Ich drücke mich gegen das Bett und kämpfe darum, meine Handgelenke von der strafenden Fessel seiner rechten Hand zu befreien. Böse Schimmer ergreifen seine Augen, als er mir erneut eine Ohrfeige gibt, diesmal auf meine rechte Brust schlägt, wie ein Reiter, der ein Pferd ermutigt.

"Ich mache die Regeln", warnt er und nickt. Gut. Meine Muschi ist zu gierig, als dass ich weiter dagegen argumentieren könnte.

Grinsend, als wüsste er, wie heiß mich seine Dominanz macht, rollt er ein Kondom auf seiner gleißenden Länge.

"Ich bin sauber", sage ich automatisch, und er wirft mir einen Blick zu, der meine Wangen zum Brennen bringt. Er will eine dreckige, verbrauchte Hure ficken? Na schön. Ich kann dieses Spiel spielen.

"Dreh dich um", befiehlt er. "Auf allen Vieren."

"Was ist los, willst du mir nicht ins Gesicht sehen, während du fickst? Willst du so tun, als wäre ich ein kleiner Junge?" Verspotte ich ihn. Sein Gesicht verdunkelt sich und ich weiß, dass ich ihn zu weit getrieben habe.

"Dann auf den Rücken", schnappt er zu. "Nicht so. Spreiz die Beine. Weiter."

Sobald ich die verwundbare Position einnehme, hat er mich auf dem Kieker. Er stößt mit brutaler Kraft hinein, so grob, dass er mich zerreißen würde, wenn ich nicht so klatschnass wäre.

"Ja", ich kann mich des Seufzens nicht erwehren. Wenn ich klug wäre, würde ich den Mund halten. Mason schlägt nach vorne und lässt mich weiter auf das Bett rutschen. Tränen treten mir in die Augen - Tränen der Freude.

"Komm schon", grunze ich und kreuze meine Knöchel hinter seinem eisernen harten Rücken. "Beweise, dass du mehr als nur ein hübsches Gesicht bist."

Seine Hüften schnappen nach vorne und er fährt in mich hinein, sodass tiefe Sterne meine Vision erfüllen. Meine Nägel graben sich in seine glatte Haut. Ich könnte seine glatten Schultern zerkratzen, rote Flecken hinterlassen, die seine perfekte Bräune beeinträchtigen. Ich kratze seinen Rücken herunter und greife seinen straffen Arsch, um ihn tiefer zu ziehen. Sein greller Blick verbrennt und durchdringt mich auf ganz andere Weise.

Ich schließe meine Augen.

"Nein", bellt er. "Sieh mich an, wenn ich dich ficke."

"Das ist mein Satz", lache ich. Sein Gesichtsausdruck prophezeit Mord, aber sein Schwanz singt mir ein süßes, rhythmisches Lied. Ich stelle meine Fersen auf das Bett und stelle mich auf, wobei ich mein Becken im Takt der tiefen Stöße bewege. Solange ich lebe, werde ich mich an die schaukelnde Kraft seines Körpers erinnern, an die perfekte Linie seiner Lippen, die mich dazu verleiten, alles für einen Kuss zu riskieren. Mein Orgasmus sammelt sich in den hintersten Winkeln meines Körpers, Rinnsale der Lust durchströmen mich, von Kopf bis Leiste und von den Füßen. Er rammt sich in mich hinein, bricht mich, wringt mich aus und lässt mich atemlos zurück.

Ich werde diesen Fick für immer mit allen anderen

vergleichen. Ich werde Sexträume über diesen glorreichen Hassfick haben. Den besten Sex meines Lebens.

"Hier." Er wirft etwas nach mir. Es ist Geld. Die Scheine schlagen mir ins Gesicht.

Zitternd, schwach vor Wut und schmelzendem Vergnügen erhebe ich mich und schlüpfe in meine Kleider, die Spitze in der Faust zerquetscht.

"Nicht schlecht für eine Hure", gähnt er.

"Ich bin keine Hure." Ich schenke ihm ein hartes Lächeln, so freundlich wie ein Tritt in den Bauch. "Huren ficken für Geld. Ich bin für den Sex hier." Ich werfe die Scheine aufs Bett und stolziere aus seinem Zimmer.

MITTEN in der Nacht steigen Dämonen in meinem Kopf auf.

"Sierra ist ein heißes kleines Stück."

"Ja", stimmt Jack zu und nimmt einen Schluck von seinem Bier.

"Wie lange ist sie schon im Club? Ein paar Jahre?"

"Ja. Ihre Mutter hing in der Höllengrube herum, bevor sie starb."

"Das ist richtig. Möchtegern-Oldie. Wurde von einem Auto angefahren und ließ ihr Mädchen ganz allein zurück", sagt Dex nachdenklich. "Vertrocknete alte Hexe, die Mutter. Aber die Tochter ... sie ist genau richtig erwachsen geworden."

"Ja", antwortet Jack. Durch die Schirmtür beobachte ich meinen Freund, wie er mit dem Kopf wippt, begierig darauf, mit dem Clubchef übereinzustimmen, so vergesslich angesichts des satanischen Funkels in Dex' Augen. "Sierra ist großartig."

"Mmm." Dex nimmt einen Zug von seinem Joint und reicht ihn an Jack weiter. Das Licht des stummen Fernsehers wird von

seinen Messingringen reflektiert. "Du weißt, wie es im Club ist. Bevor du eine Old Lady nimmst, musst du sie mir geben."

Ich atme tief durch und zucke in den Schatten zurück, wo ich mich versteckt habe. Ich wusste, dass Dex etwas vorhatte. Der Präsident des gesamten MC sucht sich nicht ein bescheidenes Plätzchen zum Abhängen aus, wie ein Schulmädchen, das sich verzweifelt nach einem BFF sehnt. Jack war so aufgeregt über dieses Treffen, so hoffnungsvoll. Wie der Rest des Clubs verehrt er Dex wie ein Held. Und jetzt sitzen wir in Dex' Haus fest.

Ich blicke zurück auf die Feuerstelle, in der mein Rucksack noch steht. Ich will nicht, dass Jack mich mit seinem Club Prez teilt. Der Gedanke, dass Dex mich berührt, macht mich krank. Soll ich weglaufen? Vielleicht laufe ich einfach ein bisschen die Strasse entlang, komme zurück, wenn die Jungs hoch und halb schlafend und nicht mehr in Stimmung sind. Ich kann meinen Rucksack stehen lassen und einfach sagen, dass ich etwas frische Luft brauchte. Mein Magen fühlt sich sowieso nicht richtig an.

Ich bin so damit beschäftigt, meine Flucht zu planen, dass ich Jack nicht höre, der etwas nuschelt.

Dex antwortet nicht sofort. Er reißt Jack den Joint aus den Händen und wirft ihn raus. "Ich glaube, du hast lange genug gewartet. Ruf sie rein, Jack. Es ist Zeit zu teilen."

Ich zucke wach. Für einen Moment bin ich nicht allein. Im Schatten lauern Erinnerungen. Jack kommt aus der Tür, um meinen Namen zu rufen. Ich verstecke mich neben dem Haus, halte den Atem an, bis er wieder hineingeht, und zu hören bekommt, dass ich weggelaufen sein muss. Der Knall der Vordertür, gefolgt vom Dröhnen der Röhre: der Prez verlässt das Haus.

Ist das wirklich passiert? Es muss so sein: Als ich wieder zu Jack rein ging, war Dex weg.

Das Nächste, woran ich mich erinnere, ist der Klang der Kanone. Der Schuss hallt in meinem Gedächtnis nach, während ich mir das Gesicht schrubbe. So sehr ich es auch versuche, ich erinnere mich nicht, was vor der Waffe geschah. Vor dem Blut.

Ich erinnere mich noch gut daran, was nach allzu langer Zeit passiert ist.

Ich starre an die Decke und will beobachten, wie sie im Morgengrauen die Farbe verändert. Ich kann nicht schlafen, ich kann mich nicht niederlassen. Ich habe zu viel Zeit auf der Flucht verbracht, um für diese Nacht, für Jacks Tod, Buße zu tun.

Aber hier in der Lodge, mit der Möglichkeit zu atmen, kann ich mich vielleicht daran erinnern, warum Jack sterben musste.

6

E lon

"HEY, ROTSCHOPF."

Ich bleibe in der Halle stehen, obwohl ich nicht will. Jagger sitzt gespreizt auf seinem Bett, eine Rauchwolke über seinem Kopf.

"In der Lodge wird nicht geraucht", sagte ich. "Du weißt, dass Lincoln das nicht mag."

Jagger rollt mit den Augen, aber er steht auf, um sich gegen das Fenster zu lehnen und Rauch aus der Ritze zu blasen. Ich warte, während er den Joint ausstößt und sich mit einem unausstehlichen Lächeln zu mir umdreht, die Hände gespreizt, um mir das Offensichtliche zu zeigen. Als ob ich glauben würde, er sei für die Nacht fertig. Sobald ich in mein Zimmer gehe, ist der Joint wieder in seinem Mund.

"Was willst du?"

"Kann ich nicht Hallo zu meinem Lieblings-Rothaarigen sagen?"

"Wie heiße ich, Jagger?" Ich warte, während er mich anschaut und die Lippen spaltet, als wolle er es erraten.

"Okay." Jagger lacht, als hätte er einen urkomischen Witz erzählt. "Du hast mich erwischt. Ich kann euch beide nie unterscheiden."

"Ich bin Elon", sage ich geduldig.

"Richtig. Hast du noch Schnaps übrig, Elon?"

Ich zucke mit den Achseln. Ich habe eine Flasche Portwein, die ich für den ersten Herbsttag aufbewahre. Meine Tradition. Aber Lincoln mag es nicht, wenn wir während der Saison trinken. Eine seiner komischen Regeln.

Nicht, dass es Jagger aufhält.

"Schätze, ich muss warten, bis ich in der Stadt bin", seufzt Jagger dramatisch.

"Das wirst du wohl", sage ich und drehe mich um, um weiter zu gehen.

"Nein, nein, warte." Jagger klettert zur Tür und taumelt in seiner Eile ein wenig. Ich rümpfe die Nase. Jagger geht in seinen Pausen immer in den Wald. Ich bin mir nicht sicher, wie viel er raucht oder wie er es schafft, es zu verstecken, aber er wird nicht lange bei der Crew bleiben, wenn Lincoln ihn erwischt. Auch schade. Die Arbeit in Lincolns Crew ist ein guter Deal, noch bevor wir Sierra bekamen.

"Also das Mädchen", senkt Jagger seine Stimme verschwörerisch. "Was denkst du?"

"Es geht ihr gut", erwidere ich. Sie ist mehr als nur in Ordnung. Es ist so süß, so wie sie sich um uns kümmert. Die meisten Menschen sehen mich an und sehen den Doppelgänger meines Bruders. Nicht Sierra. Sie hält inne, um mich genau zu studieren, bevor sie mich beim Namen nennt. Jedes Mal, wenn sie mich anspricht.

"Ich versuche herauszufinden, wo sie herkommt, was mit ihr los ist. Hat sie etwas gesagt?"

Ich zucke mit den Achseln.

"Ich wette um Hundert Dollar, dass sie in der Stadt Tricks anwendete, als sie sich Lincoln näherte."

Ich verziehe mein Gesicht. "Das sieht nicht nach Sierra aus." Sie hatte etwas an sich. Eine Frische, einen Funke der Freude. Ich sehe es, wenn sie tanzt.

"Komm schon, setz auf mich."

"Nein." Ich trete zurück. "Wenn du Geld brauchst, frag Saint nach einem Kredit."

"Ahhhh, nein", jammert Jagger. "Er wird mich rauswerfen. Gleich nachdem er mich abweist."

Ich zucke mit den Achseln. "Ich schätze, da hast du deine Antwort."

"Aber im Ernst." Jagger beugt sich vor und ich ziehe mich automatisch zurück. "Irgendwas ist mit Sierra los. Ich werde es herausfinden. Ich glaube, sie vögelt Lincoln extra."

"Du bist nur verärgert, dass sie heute Abend frei hat."

"Ich meine, was hat sie sonst noch zu tun?" ruft Jagger aus, und ich trete von der Gischt zurück.

"Lass sie in Ruhe, Jagger. Du hast noch mehr Dinge, über die du dir Sorgen machen musst." Ich deute hinter ihn, als er verwirrt aufschaut. "Lüfte lieber dein Zimmer. Es riecht nach Stinktier."

Später liege ich auf dem Bett. Oren liegt neben mir und schnarcht. Man sollte meinen, es würde mich stören, dass er die ganze Nacht Krach macht, aber wir teilen uns schon ewig ein Zimmer und ich benutze es nur.

Heute Nacht kann ich nicht schlafen. Jaggers Worte nagen an mir. *Ich versuche herauszufinden, wo sie herkommt, was mit ihr los ist.* Er hat mich auch zum Nachdenken gebracht. Warum hat Sierra Lincolns Angebot angenommen? Was hat sie vorher gemacht? Hat sie eine Bleibe? Hat sie Freunde?

Ich lache über mich selbst. Wie dumm. Natürlich hatte sie ein Leben davor. Lincoln hat sie nicht aus der Luft gezaubert. Sie wirkt nur zerbrechlich und zart, wie ein Schmetterling, der um einen neuen Stumpf tanzt. Oren nennt sie eine Fee, als wäre sie eine magische Kreatur, die auftauchen und verschwinden könnte.

Ich bin tief in Gedanken versunken, als ein Schatten den Flur hinunter huscht. Ich erhebe mich aus dem Bett und schaue aus der Tür.

"Sierra?"

"Hey", flüstert sie. Sie kommt näher und studiert mein Gesicht. "Elon."

Ich nehme ihren Arm und ziehe sie sanft in mein Zimmer. Jaggers Tür ist geschlossen, sonst hätte er sie abgefangen. "Alles in Ordnung?"

"Ich habe den ganzen Tag geschlafen", sagt sie und klingt bedauernd. "Den ganzen Tag", wiederholt sie, "den ganzen Tag". Ich bin nicht einmal zum Essen aufgewacht."

"Du brauchst deine Ruhe." Ich hebe meine Hände, aber berühre sie nicht. Ich fühle mich zu groß, zu ungeschickt, zu dumm, um etwas zu sagen oder zu tun.

"Jetzt kann ich nicht mehr schlafen. Gott, was ist das für ein Geräusch?"

"Oh..." Ich drehe mich halb um, damit sie meinen Bruder auf dem Bett ausgestreckt sehen kann. "Oren."

"Ist er immer so?"

"Ja", antworte ich. "Äh, mach dir keine Sorgen um ihn. Er schläft wie ein Toter."

"Hört sich so an."

Ich falle in ein tiefes Lachen, wie ein Idiot. Meine Lippen fühlen sich zu groß für mein Gesicht an. Wenn ich ihr nur nahe bin, pocht mein Herz. Ihre Gesichtszüge sind perfekt und feenhaft. Ihre Haut leuchtet, als ob sie von innen strahlen würde.

Ich erstarre, aber ich kann nicht aufhören.

Sie reißt ihren Blick vom Bett weg und blickt zu mir auf. "Was?" fragt sie lächelnd.

"Nichts. Du bist schön", platze ich.

Sie schaut weg, beißt sich auf die Lippe, bevor sie meinem Blick wieder kühn begegnet. "Genau wie du. Was hat Jagger noch behauptet?"

Bevor die Eifersucht mich packt, fährt sie fort: "Jüdische Mutter und irischer Vater. Wie war das?" fragt sie.

"Ich weiß nicht", sage ich ungeschickt. "Laut. Viel Geschrei."

Sie neigt den Kopf zur Seite. "Hast du viel Ärger als Kind gehabt?"

"Ich nicht. Oren. Er hat dummes Zeug gemacht."

"Ooh, mochten dich deine Eltern lieber als ihn?"

"Nein." Ich kann nicht einmal ihren tanzenden Blick treffen. "Sie haben sich nicht die Mühe gemacht, herauszufinden, wer es getan hat. Er würde mir und ich ihm die Schuld geben, und sie würden uns beide einfach bestrafen."

"Du Armer."

Ich kann nicht anders, als über den amüsierten Klang ihrer Stimme zu grinsen.

"Und wo ist dein Zuhause, Elon?"

"New York."

"Meins auch!"

"Wirklich?" Ich bin ein wenig aufgeregt, etwas mit ihr gemeinsam zu haben.

"Ja, im Hinterland. Nun, meine Mutter kam von dort. Sie war ein Freigeist. Sie ist abgehauen und hat nie zurückgeblickt. Meine Halbbrüder sind aber immer noch dort. Glaube ich." Ihre Stirn runzelt sich.

"Du kennst sie nicht?"

"Möchtest ... möchtest du dich setzen? Nur um zu reden oder abzuhängen oder so?"

Sie zögert, ihr Blick fällt auf die Schnitzereien von Oren. In diesem Moment lässt mein Bruder einen Schnaufer los und dreht sich um, während er noch schläft.

Ein kleines Lächeln verlässt ihre Kehle und sie schüttelt den Kopf. "Nein. Besser nicht. Ich will keinen Favoriten außer der Reihe auswählen. Jagger könnte eifersüchtig werden."

Ich verberge meine eigene Eifersucht, weil sie sich so sehr um die Gefühle von Jagger kümmert. Das ist einfach Sierra. Sie sorgt sich um jeden. "Also dann, gute Nacht."

"Gute Nacht, Elon." Nach einer kleinen Welle ist sie weg.

SIERRA

"Du MAGST ES, uns zu ärgern, du verdammte Schlampe?" Masons Atem ist heiß an meinem Ohr.

"Oh ja", schnurre ich. Mein Körper wird heiß, dann kalt, das Verlangen erfüllt meinen Kopf wie halluzinogenes Gas. Ich bin high, die Pupillen erweitern sich, als ich einen weiteren Anfall von Masons Hass abbekomme. "Ich liebe es."

"Du bist ein böses, böses Mädchen." Er greift meine Handgelenke härter.

"Ja." Ich schwinge meinen Hintern, wölbe meinen Rücken, suche den Körperkontakt. Er hat mich an die Tür genagelt, die Fesseln seiner großen Hände sind unser einziger Kontaktpunkt. Sein Körper schwebt hinter mir, einfach unerreichbar. Jedes Mal, wenn ich ihn berühre, durchströmt ein bestimmtes Gefühl meinen Körper. "Ja."

"Zieh deinen Rock aus." Bei der Aufführung am Freitagabend trug ich einen kleinen schwarzen Rock und einen schwarzen BH. Die Jungs sagten mir, ich solle mir die Nacht frei nehmen, aber sobald die Lichter in der ganzen Lodge ausgingen, schlich ich mich in Masons Zimmer, mein ganzer Körper zitterte in Erwartung.

Ich ziehe den Rock aus und beginne mich umzudrehen, aber er stößt mich wieder gegen die Tür. "Mit dem Gesicht zur Wand. Bleib so stehen."

Seine Finger zeichnen die Kurve meines Hinterns nach. Meine bereits erregte Muschi verkrampft sich und fleht ihn an, mich zu berühren. Meine Knie werden schwach und ich taumele, lehne mich in seine harte Kraft, um nicht in eine saftige Pfütze auf dem Boden zu rutschen.

"Böses Mädchen." Er hat mir wieder den Hintern versohlt. "Du bist ein böses Mädchen. Sag es."

"Ich bin ein böses Mädchen." Ich beiße mir eine Sekunde auf die Lippe, bevor ich hinzufüge: "Ich sollte bestraft werden".

"Oh, ich werde dich bestrafen." Er zieht sich zurück und schleift mich zum Bett.

"Auf Hände und Knie", befiehlt er. Ich krabble in Position und schaue erwartungsvoll zu ihm zurück.

Brrr! Ich zische und zucke vorwärts, weg von der bestrafenden Handfläche.

"Zurück in Position." Mason schleicht am Fuße des Bettes wie ein Löwe umher und studiert seine hilflose Beute. "Du tust, was ich sage, und nimmst, was ich dir gebe."

Seine Finger wandern über meinen Hintern und ich wimmere. "Du wirst alles nehmen."

Ja. Oh, ja. Ich drücke mich zurück in seine Handfläche.

"Ich werde dich lehren, deinen Körper vor der Crew zur Schau zu stellen, verführe uns nur weiter." Er schlägt mich wieder und ich zucke zusammen, aber springe nicht weg. Der Schmerz verwandelt sich langsam zu einer Erregung, nach der ich mich sehne. Er reibt mir den Hintern, und die Gier kommt zurück.

"Das gehört mir." Mason drückt meine rechte Wange grob genug, um mir Tränen in die Augen zu treiben.

"Nur heute Nacht", flüstere ich.

Er knurrt, tief in seiner Kehle. "Das gehört mir." Seine Berührung macht mich weich, beruhigt mich. *Vertraue mir,* fordern seine Finger.

"Bin deins, Mason." Ich schlucke den Kloß in meiner Kehle runter.

Er greift mit seiner Faust ins Haar und zieht meinen Kopf zurück. "Sag nicht meinen Namen." Er zieht meine Lippen zu seinem Schwanz. Ich öffne meinen Mund und nehme ihn auf, würge ein wenig, während er mir den Mund füllt, und bis an die Rückseite meiner Kehle vorstößt. Seine Hand bewegt sich zwischen meine Beinen. Ich bin nass, klatschnass. Ich summe um den Kopf seines Schwanzes herum, als hätte ich ein neues Musikinstrument entdeckt.

"Das ist es, Schlampe. Nimm alles." Sein Schwanz stößt mir hinten in die Kehle.

Ich ersticke und lache und ziehe meinen Kopf weg, damit ich zu Atem komme. Er ist so ein verfluchtes Klischee, seine Bosheit mir gegenüber ist fast wie eine Rolle, die er spielt. Ich sollte mich von ihm fernhalten.

Und doch bin ich hier, auf allen Vieren, und lutsche ihn,

als wäre er ein Lolli mit meinem Lieblingsgeschmack. Mason schaltet mein Gehirn aus.

Masons Hand ist immer noch in meinem Haar verknotet. Sobald ich zu Atem komme, rolle ich mit den Augen. "Hast du dir viele Pornos angesehen, Mason?"

"Halt. Verdammt. Noch. Mal. Die Klappe." Seine Hand schießt hervor, harte Finger vergraben sich in beide Seiten meiner Kehle und drücken sie zusammen. Mein Gehirn verabschiedet sich, während meine Gliedmaßen gegen das Bett fallen. Erregung platzt in meiner Muschi und treibt mich immer höher und höher an den Gipfel des Begehrens.

Dann lässt er los und ich falle zurück auf die Erde.

"Das hier" - Mason klatscht mir in die Muschi, und das Versprechen des Vergnügens schockiert mich wie ein Stromschlag - "gehört mir. Heute Abend gehört es mir. Ich bestimme, ob du kommst ... oder nicht."

"Ja", dem stimme ich zu. Mason ist eine raue Achterbahn, aber ich genieße die Fahrt. Ich sacke zurück aufs Bett und lasse mich von ihm quälen. Finger, Daumen und Mund kommen an meine Muschi, bis ich mich winde und bereit bin, über den Rand zu springen. Kleine Geräusche entweichen meiner Kehle, aber gerade als das Vergnügen nah genug ist, um zuzuschnappen und Licht in jeden Winkel von mir zu streuen, kniet Mason zwischen meinen gespreizten Beinen, zieht meine Waden an seine Schultern und rammt sich in mich hinein, wobei er mich beinahe in zwei Hälften zerreißt. Ich breche beim fünften Vorstoß zusammen und krampfe durch den Rest seines brutalen Fickens. Er grunzt und erreicht tief in mir verwurzelt sein Finale, und wir starren uns an.

Hasst du mich wirklich? Möchte ich fragen. Bevor ich jedoch den Nerv treffen kann, verhärtet sich sein Blick. Er zieht seinen Schwanz aus mir heraus - ich erzittere, als Flüssigkeit aus meiner Öffnung austritt. Ich liege keuchend da, während er nach etwas an der Kommode fummelt. Er kommt zurück und wischt mich mit einem Tuch ab, schrubbt langsam und weigert sich, meinen Augen zu begegnen. Irgendwie fühlt sich das intimer an als alles, was ich je mit einem Mann gemacht habe.

Als er fertig ist, steht er auf. Er hat kein Hemd an, sein Schwanz ragt aus seiner offenen Jeans heraus.

"Möchtest du, dass ich dich reinige?" Ich gestikuliere in seinen feuchten Schritt.

"Nein. Raus hier."

Ich stolpere zum zweiten Mal innerhalb von zwei Tagen aus Masons Zimmer. Die Tür schließt sich hinter mir, ich lehne mich an die Wand und drücke meine Augen zu. Ich wünschte, es wäre ein Traum.

Es ist kein Traum.

Es ist Freitag, und Lincoln sagte mir, ich solle mir die Nacht freinehmen. Ich könnte tun, was immer ich will. Und nachdem ich mit Elon geplaudert hatte, ging ich direkt zu Masons Tür und klopfte an.

Es war nicht ganz meine Schuld. Ich schlief die meiste Zeit des Tages und träumte von einem großen, harten Körper, der meinen bedeckte. Es hätte wirklich jeder der Jungs sein können. Ich wäre beinahe in Lincolns Zimmer geschlüpft, aber ich konnte mich nicht dazu durchringen, an Masons Tür vorbeizugehen.

Scheiße, irgendwas stimmt nicht mit mir.

Ich gehe in mein Zimmer, aber auf halbem Weg wechsle ich die Richtung.

Das Licht bei Saint ist an. Ich klopfe leise an und warte auf seine tiefe Stimme. Ich öffne die Tür und schaue hinein.

"Sierra."

"Du sagtest, wir sollten bis Samstag warten." Ich beiße mir auf die Lippe.

Saint dreht sich zu mir um und tätschelt das Bett. "Komm hier rein, Mädchen."

Ich sitze auf dem Bett, und er lockt mich zu sich. "Komm. Machs dir gemütlich." Seine dunklen Augen streichen einen Moment über mein Gesicht. "Weine ein wenig."

Als ich ihm zuzwinkere, fügt er hinzu: "Tu, was du tun musst."

Ich tue, was er sagt, und mache eine Bestandsaufnahme über meine Gefühle. Ist die Schwere in meiner Brust überwältigend? Muss ich weinen?

Ich rücke näher an Saints riesigen Körper heran. Er schlingt einen großen Arm um mich und drückt mich an seine Seite. Saint drückt mich zurück, damit er mein Gesicht studieren kann, ich lasse mich nieder und seufze.

"Hat er dir wehgetan?", fragt er sanft.

"Nein." Ich bin überrascht über den Schluchzer in meiner Stimme. "Nun, ja, aber auf eine Weise, die mir gefiel." Ich frage ihn nicht, woher er weiß, wo ich war oder bei wem ich war. Saint weiß alles. Mein Gehirn hat ihn irgendwo zwischen Einstein und Gott eingeordnet.

Saint hält seinen Arm um mich und runzelt nachdenklich die Stirn. "Er ist intensiv. Sein Mädchen verließ ihn und wurde von einem anderen Mann schwanger."

Ich liege still, mein ganzer Körper ist um das Geheimnis in mir gewickelt. Jetzt habe ich einen Grunde mehr, das Baby zu verstecken. "Fuck."

"Du siehst aus wie sie." Seine Arme verkrampfen sich kurz um mich, drücken mich beruhigend.

Ich bleibe ein paar Augenblicke still liegen und genieße seinen Stärke. Er ist wie eine feste Mauer zwischen mir und der Welt.

"Saint?" Ich drehe mich um, damit ich sein Gesicht sehen kann. "Hast du jemals eine Frau versohlt?"

"Mit meiner Hand oder mit einem Gerät?" Er grinst über meinen schockierten Ausdruck. Langsam, als wäre ich eine wilde Kreatur, die durchdrehen könnte, löst er sich von mir und geht zu dem großen Kofferraum in der Ecke. Er hebt ihn ohne Anstrengung hoch und trägt ihn zu mir hinüber. Mein Gesicht beobachtend, öffnet er ihn.

Ich springe so schnell zurück, dass ich fast meine Zunge verschlucke.

"Wenn es ums Hinternversohlen geht, ist es mit der Hand durchaus getan", informiert mich Saint. "Aber es gibt noch so viel mehr zu erforschen." Er stöbert in der Schachtel, während sich meine Augenbrauen bis zum Haaransatz hochziehen.

"Bedenke dies. Welches davon würde deiner Meinung nach mehr wehtun?" Er hebt ein langes, zentimeterdickes Holzpaddel und eine lange, dünne Gerte hoch.

Ich zeige auf das Paddel.

"Siehst du, du liegst falsch. Das gibt eine schöne, dumpfe Art von Schmerz." Er setzt das Paddel ab. "Das dagegen", er hebt die Gerte in die Höhe. "Sticht wie eine Mutter." Er berührt mit den Fingern das Ende, schlägt dann auf seine eigene Handfläche und zeigt mir die rote Linie. "Der Stock ist zu intensiv für einen Anfänger."

"Also, wirst du" - ich begutachte die Kiste - "irgendetwas davon bei mir verwenden?"

Saint schließt die Kiste. "Willst du das?"

Ich schlucke. Langsam nicke ich.

Das Bett knarrt, als er sich wieder vor mich setzt. Mit einem langen Finger streicht er mir die Haare aus dem Gesicht. "Warum?", will er wissen.

"Was?"

"Warum willst du das?"

Auf der Suche nach der Antwort lecke ich mich über die Lippen. "Ich werde danach keinen Sex mehr haben", plaudere ich dann aus. Ein leichtes Flackern seiner Augen zeigt seine Überraschung an. Saint hat ein ziemlich gutes Pokerface. "Ich meine, nach diesem Auftritt werde ich eine Pause anlegen. Vom Sex und, ähm"-ich wedle mit meiner Hand um vage anzudeuten: "von ‚Männern'."

Eine Pause folgt, dann nickt er, als ob er es verstanden hätte. Ich stelle nicht infrage, ob er meine Aussage versteht. Ich finde es schneller heraus, wenn ich annehme, dass Saint alles weiß.

Ich lehne mich näher heran und fühle mich mutiger. "Bis dahin bin ich zu allem bereit. Ich meine, ich würde gerne mehr Dinge ausprobieren."

"Nur um es klar auszudrücken, wir sprechen davon, dass du zu mir kommst, um eine Session abzuhalten. Für eine bestimmte Zeitspanne, in der ich dich durch deine Grenzen führe und einige dieser Dinge an dir anwende."

Ich schaue nicht auf den Koffer. Er ist zu unheimlich. Und doch habe ich das Gefühl, dass ich darüber fantasieren werde, wie Saint mir den Stock auf die Hintern haut. "Ja."

Ein vorsichtiges, zaghaftes Lächeln breitet sich auf Saints Gesicht aus. Er umarmt mein Kinn. "Samstag."

AM SAMSTAG SITZE ich mit verbundenen Augen kniend auf einem Kissen vor dem Bett. Hinter mir wühlt Saint im Koffer. Ich zucke zusammen, strenge meine Ohren an, jeder Sinn strebt nach Hinweisen auf das, was noch kommen wird. Die Augenbinde ist weich und anschmiegsam und entzieht mir tatsächlich jedes Licht.

Komisch, wie so ein kleiner Stofffetzen meine Welt auf den Kopf stellt.

Das Flüstern eines Schattens nehme ich wahr, und ich springe hoch, als Saint meine Hand ergreift.

"Schhh, Mädchen, ganz ruhig." Er hebt meine Hand zum Bett und führt meine Finger an einem langen Griff hinunter zu einer Mähne aus weichen Lederstreifen. "Fühle das." Ich streichle die samtigen Strähnen, mein Atem rauscht ein und aus. "Das ist eine Peitsche. Das ist alles, was ich heute Abend benutzen werde."

"Wird es wehtun?" Meine Stimme klingt sehr zerbrechlich.

"Zunächst nicht. Ich fange mit deiner Kleidung an." Er streich mir mit dem Gerät den Rücken. "Ich gebe dir die Chance, sich daran zu gewöhnen. Dann werde ich es steigern. Bist du bereit?"

Ich schlucke und verdrehe meine Finger im Schoß. Bilder stören meinen Verstand. Die Peitsche scheint nicht allzu intensiv zu sein, aber Saint ist ein ziemlich großer Kerl. In seinen Händen kann alles zu einer Waffe werden.

Die Stille dehnt sich aus.

"Du muss das nicht tun", rumpelt er.

"Ich weiß." Mehr Handverdrehen. So sehr ich es auch versuche, ich kann den Gedanken nicht ertragen, aufzugeben, die Augenbinde abzureißen, aufzustehen und aus der Tür zu rennen. Nicht, dass ich mutig wäre, ich bin nur sehr, sehr neugierig.

Noch ein zitternder Atemzug, dann sage ich ihm: "Ich bin bereit."

Zuerst neckt mich Saint, indem er mir die Peitsche über die Schultern und das Gesicht streicht, mich kitzelt und an das Gefühl gewöhnt. Ich lache und entspanne mich, als er hinter mich tritt und die Lederstränge über mein Hemd ziehen lässt. Die Peitsche schwingt in einem leichten Rhythmus, wie ein sanfter, trommelnder Regen beruhigt sie mich.

"Tief einatmen, Mädchen. So ist's gut", murmelt Saint und legt das Leder etwas fester an. Zwischen dem tiefen Atmen und der Hitze im Rücken entspannt sich mein ganzer Körper.

Er hält inne und ich zucke zusammen und erhebe mich aus meiner Trance.

"Alles gut?", fragt er und ich nicke.

Meine Muschi ist ein Ozean. Ich rutsche auf meinen Knien und er legt mehr Kraft in den nächsten Hieb, sodass ich zusammenzucken muss. Er weicht zurück und peitscht mich wieder so leicht aus, dass es sich wie eine schöne Massage anfühlt. Die Schläge nehmen zu, bis der Schlussschlag brennt.

Mir entkommt ein leises Stöhnen.

"Weitermachen?"

"Ja", nuschle ich. Mein Kopf hängt nach unten und wird mit jedem Aufprall schwerer.

Saint grinst hinter mir. "Du bist in Trance."

"Mmmm. Hört nicht auf."

"Alles klar, Mädchen. Hände hoch."

Sprachlos, schwebend, hebe ich meine Arme und lasse ihn, mich von meinem Hemd befreien. Auf seinen Befehl kam ich ohne BH. Er streicht mit der Peitsche über meinen sensibilisierten Rücken, die kleinste Berührung lässt meine Muschi pochen und meinen Mund trocken werden. Ich bin in Lust-Trance: mein Körper ist bereit für die Berührung, mein Geist tausend Meilen entfernt. Der Flogger streichelt meine Haut wie liebkosende Finger. Ich erzittere, während sich das Kribbeln in meiner Muschi verstärkt.

"Das Leben ist stressig genug", murmelt Saint. "Manchmal ist es schön, die Kontrolle aufzugeben. Atme weiter. Braves Mädchen." Er lehnt sich mit dem Gerät vor und peitscht mich leicht auf und ab. Ich rutsche nach vorne; er hält inne, um mich näher ans Bett zu führen. Ich hebe meine Arme und strecke sie über die Decke. Er schwankt an meinen Seiten auf und ab, wobei er die Stränge mit vorsichtigen Hieben abmildert, um auch meine kleinen Brüste zu erreichen. Ich atme tief ein, aber die Empfindung steigt nie über ein leicht brennendes Stechen hinaus. Mir kommen die Tränen in die Augen, als ich mir die Größe von Saint vorstelle, den Flogger, als winziges Spielzeug in seiner großen Hand, und wie er diesen mit solcher Vorsicht auf meinen schmalen Rücken zu bewegt.

Ich versinke weiter in einer warmen Dunkelheit, einem sicheren Ort. Ich schwebe hier, mein Körper tief eingetaucht in einem Pool der Empfindungen. Ich hoffe, ich werde für immer in ihm treiben. All meine Probleme scheinen so weit weg zu sein.

"Sierra." Saints Hand umschließt meinen Nacken und ich stelle fest, dass die Auspeitschung aufgehört hat. Mein ganzer Körper pulsiert von der Erinnerung an jeden Schlag.

"Huh", seufze ich und tauche auf. "Alles in Ordnung?"

"Das ist mein Satz." Er grinst, ein köstliches, dunkelschokoladiges Geräusch. "Hörst du mir zu?"

"Ich bin hier." Ich sabbere praktisch vor mich hin. "Das war fantastisch."

"Wir sind noch nicht fertig." Seine große Hand gleitet unter meinen Arm und hebt mich hoch. "Steh auf auf und leg dich auf das Bett. Auf den Rücken. Braves Mädchen."

Ich drücke meine Handflächen an die Bettdecke, mein Atem stockt mir in der Brust. Saint stützt meine Füße auseinander, spreizt meine Knie und entblößt den Schritt meiner Jeans. Sobald ich begreife, worum es ihm geht, ergreife ich mit meinen Fäusten die Decke.

"Schhh." Er drapiert die Strähnen des Floggers zwischen meine Beine und zieht sanft an meiner Muschi durch die dicke Denim. "Ich werde sanft sein. Vertraust du mir?"

"Ähm. Okay. Ja."

"Du willst die Augenbinde abnehmen?"

Ich denke darüber nach. Es ist schön, in der Dunkelheit zu ertrinken. "Nein."

"In Ordnung. Entspann dich." Die Peitsche streichelt meine mit Jeans bekleideten Beine und kitzelt meine Innenschenkel. Meine Muschi füllt sich mit Saft. Ich beiße die Zähne zusammen, vergrabe meine Nägel im Bett, stelle meine Fersen auf und versuche, mich nicht in die weichen Schläge zu drängen. Saint benutzt den Flogger, um das leichteste Gefühl des Schmetterlingsflügels zu erzeugen. Er schwingt die Lederriemen hin und her und zeichnet pure Lust auf meine Muschi. Meine Beine zittern.

"Knie auseinander", befiehlt Saint. "Zwing mich nicht, es dir noch mal zu sagen."

Oh Gott. Ein Flehen quillt in meiner Kehle hoch und entkommt als bedürftiges Stöhnen.

"Magst du es, wenn ich dich herumkommandiere, Mädchen?"

Meine Muschi schreit *Ja*, aber mein Verstand schreit *Nein*. Ich öffne meinen Mund und lecke meine Lippen.

"Du musst nicht antworten." Die Stimme von Saint scheint den unterirdischen Tiefen entkommen zu sein. "Lass einfach los. Ich fange dich auf." Die Peitsche nimmt ihren Trommelschlag zwischen meinen Beinen wieder auf. Ich greife ernsthaft nach den Laken, ein tiefes Bedürfnis steigt in mir auf. Tränen laufen aus den Augenwinkeln. Beinahe grundlos beginne ich zu stöhnen. Das Geräusch erreicht meine Ohren und ich versuche es auszublenden.

"Es ist alles in Ordnung, Mädchen. Lass es raus."

"Ich habe Angst." Die Worte entkommen ohne Kontrolle. Mein Geist ist im Urlaub, oder zum Mittagessen. Jemand treibt meinen Körper an, aber ich bin es nicht.

Saint hält inne und drückt mein Knie. "Fühlst du dich außer Kontrolle?"

"Ja." Ich muss nach Sprache suchen.

"Bist du bereit, aufzuhören?"

Meine Muskeln verkrampfen. "Nein", flüstere ich und sage noch einmal lauter. "Nein, hör nicht auf." Es vergehen einige Augenblicke, bis ich "Bitte" hinzufüge.

"Braves Mädchen." Saint zieht die Riemen zwischen meinen Beinen durch. Mein Körper verkrampft sich bei der geringsten Empfindung. "Ich könnte dich abspritzen lassen, einfach so", murmelt er. "Dazu bräuchte es nicht viel. Nur ein wenig mehr Kraft."

Meine Hüften zucken, betteln.

"Oder ich könnte den Flogger weglegen. Denkst du, du hast es verdient, zu kommen?"

Die Frage lässt mich grübeln. *Ja,* möchte ich schreien. Aber ich habe mich nicht unter Kontrolle. "Ich bin gut gewesen."

"Warst du das?" Saint drückt meine Knie weiter auseinander. "Es könnten einige heftige Schläge nötig sein. Ich weiß nicht, ob du es ertragen kannst."

Ich schlucke hart, denn ich weiß es auch nicht.

"Nein", sagt er. "Ich glaube, ich werde nachsichtig mit dir sein. Bleib ruhig liegen."

Das Bett knarrt, als er sich neben mich setzt. Kühle Finger wandern über meine nackte Taille und schlüpfen in meine Jeans. Er findet mich geschwollen und durchnässt, bebend vor.

"So eine süße kleine Pussy." Er steckt einen Finger in mich rein, er sondiert, erforscht. Ich halte den Atem an.

"Und so gierig." Meine inneren Muskeln verkrampfen. "Es braucht nicht viel, oder? Nur eine kleine ... Berührung." Er streicht an meiner Klitoris entlang, und ich verkrampfe und schiebe meinen Körper hoch, um seiner suchenden Hand zu begegnen. "Auf mein Befehl, du wirst für mich abspritzen."

Ein Wimmern. *Ja, ein Wimmern.* Ein Beben durchläuft mich. Er bewegt seinen Finger und schnippt genau an der Stelle. Mein Kopf zuckt zurück, ein Keuchen dröhnt in meinen Ohren.

"Ja. Dort. Komm für mich, Mädchen." Die kleinste Bewegung, so klein, so perfekt, und ich zerbreche, die Hüften schlagen aus, die Beine zittern. Ich liege, schwach und glücklich, während er meine Lippen mit meiner eigenen Nässe bestreicht. Als er fertig ist, lecke ich mir die Lippen. "Braves Mädchen."

Saint nimmt mir die Augenbinde ab, ich blinzle und trete widerwillig wieder in die Welt ein. Er bewegt sich, um den Flogger in den Koffer verschwinden zu lassen.

"Warte", murmelte ich und räusperte mich. "Du wirst mich nicht ficken?"

"Nein, Mädchen." Er schiebt seine Sammlung zurück an die Wand, klopft ein wenig drauf, bevor er sich zu mir dreht. "Du musst es dir verdienen."

Meine Unterlippe schiebt sich mit einem unverhohlenen Schmollmund heraus. Da steht: *Bitte?*

Die breiten Schultern von Saint bewegen sich bei seinem gewaltigen Seufzer. "Auf die Knie." Er zuckt mit dem Kinn. Ich sinke auf das Kissen zurück.

Er nimmt sich selbst in die Hand, zerrt mit der Handfläche am Kopf, seine Hand zuckt schneller.

"Berühre dich selbst", befiehlt er, und ich versenke meine Finger verdammt verzweifelt in der Nässe.

"Stopp", bellt er. Und das tue ich, während ich gehorche und mit den Zähnen knirsche. Meine Muschi pocht, als Saint sich streichelt. Ich starre auf seinen Schwanz und der Schweiß bricht über meinen Körper, ich will ihn in mir haben, so sehr. Aber wenn ich das noch nicht verdient habe, will ich wenigstens sein Sperma.

Mit Schaudern und Seufzen kommt Saint in seiner Hand.

Bietet es mir an - ein Pool von Weiß.

Ich weiß nicht, was mich packt. Es ist, als wäre ich jemand anderes. Ich ergreife sein Handgelenk und bringe es nahe heran, damit ich es mit meiner Zunge ausschlecken kann, ein Kätzchen und die Milch. Ich reinige jeden Zentimeter seiner Handfläche.

"Steh auf, Mädchen." Er hilft mir beim Aufstehen, dann schiebt er seine klebrige Hand in meine Jeans, spreizt meine Muschi und drückt meine Klitoris, bis mein Orgasmus zuschnappt und meinen Körper mit Lust überflutet.

DIE WOCHEN VERGEHEN. Ich markiere die freien Tage in meinem Kalender in einer Rotation von Männern: Lincoln, Jagger, Elon und Oren, Mason, Saint. Es sind meine Tage und Nächte und meine Träume.

Jeder Mensch ist ein erworbener Geschmack. Sogar die Zwillinge haben Unterschiede, die unserem Liebesspiel eine besondere Note verleihen. Elon kommt vorsichtig in mich hinein, seine blauen Augen weit aufgerissen, als ob der Augenblick zu schön wäre, um wahr zu sein. Oren geht methodischer vor, als wäre ich ein Puzzle, das er vorsichtig auseinandernehmen und besser als zuvor wieder zusammensetzen kann. Sie haben sogar einen anderen Duft: Elon riecht nach Kiefer und frischer Luft, Oren nach Sägemehl, beides köstlich. Wenn sie mit Schlamm bedeckt nach Hause kommen, begrüße ich sie freudig, umarme sie, ziehe sie an mich, um angenehme Luft einzusaugen. Sie protestieren, dass ich mich schmutzig mache, und ich zwinkere ihnen zu und schlage vor, dass wir gemeinsam duschen können. Ich genieße es, den Scharlachroten zuzusehen, wenn die Röte ihre sommersprossigen Hälse hinaufkriecht.

An meinem freien Abend hänge ich im Speisesaal herum und spiele Dame und Strip-Poker mit Jagger und den Zwillingen. Jagger lädt mich normalerweise in sein Zimmer ein, um etwas zu trinken und eine Doobie zu rauchen. Er erinnert mich an Jack - eine sorgenfreie Seele. Die Erinnerung tut weh, weshalb ich Einladungen von Jagger immer abgelehnt habe. Das, und ich bin schwanger.

Saint nimmt es auf sich, meine Ausbildung zu vervollständigen. Er gib mir Stapel von Büchern zum Lesen, meist klassische, aber auch eine ganze Reihe von Liebesromanen (ich kann nicht mehr ohne Alpträume Mörderkrimis oder Thriller lesen). Lincoln zeig mir seine Holzscheite und Karten und alte Forstlehrbücher. Sogar Roy und Tommy freunden sich mit mir an und laden mich in ihr Zimmer ein, um ihre Musik zu hören. Ich schwebe von Raum zu Raum, höre und lerne und lebe mit diesen Männern zusammen.

Und nachts ficke ich sie. Langsames Ficken, Spaßficken, Doppelteam-, Hassficken und Dominanzunterwerfungsszenen.

DIES SIND DIE ZEITEN, in denen ich mir selbst gegenüber präsent bin, in denen ich die Sorgen und das Gewicht dessen, was noch kommen sollte, ablegen kann. In den späten Stunden der Nacht gebe ich mich den Männern hin, und im Gegenzug geben sie mir einen Raum, in dem ich einfach ich sein kann. Ich gebe meinen Körper hin, und sie verführen meinen Geist.

Aber ich bin vorsichtig, so vorsichtig, um mein Herz nicht zu gefährden.

7

S ierra

ICH SITZE ALLEIN AM TISCH, lausche den Geräuschen, die aus der Küche kommen. Ich bin allein in der Lodge mit Saint, an einem seiner freien Tage. Der Duft von Speck weht mir in die Nase, ich greife nach der Gabel und kämpfe gegen die Tränen des Glücks. Ich liebe Speck.

"Ahhhh, ja", wimmere ich, als Saint einen vollen Teller vor mir abstellt. Sobald er den Tisch berührt, schaufle ich mir mit offenem Mund Essen hinein. Ich beginne mit den Eiern, damit ich meinen gierigen Körper sättigen kann, bevor ich den Speck genieße. Ich bin dankbar, dass Saint den Raum für einen Moment verlässt, um mir und meinem Teller etwas Zeit allein zu gönnen.

Als er wieder herauskommt, um über mir zu wachen, schaffe ich es , langsamer zu essen. Ich lasse meine Gabel bei Seite und benutze meine Finger, um den Speck vorsichtig auseinanderzupressen, wobei ich jedes Stück genieße und ihm eine besondere Behandlung zukommen lasse. Ich lasse das Fett auf der Zunge zergehen, zerdrücke die harten Stücke, lecke meine Finger, um sie vom Fett zu befreien. Es ist etwas so präsent, so taktil, wenn ich mit meinen Händen esse. Eine volle Sinneserfahrung.

Dann erhasche ich einen Blick auf Saints Gesicht, als er mich beobachtet und erkennt, dass ich ein Tier bin.

Räuspernd drücke ich mich vom Tisch weg und wische meine Hände an einer Serviette ab, wodurch ich mich effektiv wieder der Zivilisation anschließe.

Saint schaut mich an, dann meinen Teller, dann wieder mich. "Du musst mehr essen", rumpelt er.

"Das sagst du immer." Ich breche ein Stück Maisbrot ab und stecke es mir in den Mund.

"Und mehr Wasser trinken." Saint stellt ein Glas auf die rechte Seite meines Tellers ab. "Weniger Kaffee." Er reißt mir die Tasse aus der Hand.

Ich protestiere, aber er droht mir mit seinem Finger und schreitet davon. Ich erwäge, ihm nachzulaufen und ihn zu packen, aber der Effekt wäre wie der einer Maus, die einen Berg angreift. Er könnte mich wie eine Mücke zerquetschen, und das wissen wir beide.

Also setze ich mich hin und esse mein Frühstück und trinke das Wasser in kleinen Schlucken, damit ich meinen Mageninhalt nicht ertränke. Als der Teller sauber ist, schiebe ich mich zurück, meine Hände auf dem Bauch ruhend. Wenn Saint zuschaut, muss er denken, ich hätte ein Kind an meiner Seite, das ich heimlich füttere.

"Iss auf, Kleines", flüstere ich. "Werde groß und stark." Ich treibe in ein Essens-Koma und wache mit einem Lächeln auf, als ich im Innern winziges Flattern spüre. Mein Baby bewegt sich in mir.

Es war bisher eine ziemlich gute Schwangerschaft. Die Übelkeit ist Gott sei Dank verschwunden, aber ich bin in zufälligen Momenten immer noch müde. An manchen Tagen vergesse ich, dass ich schwanger bin, an anderen beiße ich mir auf die Lippe, um nicht zu jammern und es allen zu erzählen.

Ein Stuhl kratzt am Boden, und Saint richtet sich neben mir auf. Er stellt drei Teller mit Essen ab und isst methodisch. Er scheint nicht zu rasen, aber das Essen verschwindet in schnellem Tempo.

Als er mit der dritten Portion halb fertig ist, wird er langsamer und legt seine linke Hand auf meinen Nacken.

"Fühlst du dich gut?", fragt er. Sein Finger wirbelt die Haare in meinem Nacken und mein Körper rührt sich vor Interesse.

"Oh ja." Ich täusche Ruhe vor. "Machen wir heute Abend eine Session?" Ich versuche, meine Stimme lässig zu halten, lehne mich aber nach vorne, mein Körper wiegt sich zu ihm hin wie eine Blume zur Sonne.

"Ist es das, was du willst?"

"Ja, bitte." Ich bin atemlos, das Blut strömt in meine Wangen und meine Muschi und macht mich heiß und errötet.

Saint braucht eine Minute, um mich zu betrachten. "Wir müssen bald mit dem Groben aufhören."

Ich setze mich aufrechter hin. "Was? Was? Ich bin gerade an dem Punkt angekommen, an dem ich mich danach sehne."

"Ich will dir nicht wehtun."

"Du kannst mir nicht wehtun. Du machst, dass es sich gut anfühlt."

"Ich weiß nicht, wie viel du aushalten kannst, mit dem Baby und allem anderen."

Schallplattenkratzer. Ich öffne und schließe meinen Mund, mir ist plötzlich schwindelig. Saint starrt mich an. Ich kann nicht wegsehen, auch wenn ich seinen Augen nicht begegnen will.

"Du weißt es?" flüstere ich.

Mit der Hand im Nacken nimmt Saint einen Schluck von seinem Kaffee. "Ich weiß, wann eine Frau schwanger ist."

Ich legte meine Hände über meinen weich aufgeblähten Bauch, als wollte ich ihn verstecken. "Ich habe etwas zugenommen ..." Ich halte sie hin.

Saint stellt seinen Kaffee ab und dreht sich um. Er hält mir eine große Hand über den Bauch. Er könnte das Ganze mit einer Hand bedecken. "Das ist kein Fett. Das ist ein Babybauch."

Jetzt kann ich seine Augen nicht mehr treffen. "Ich wusste nicht, wie ich es dir sagen sollte."

"Du musst es ihnen sagen."

"Wirst du es ihnen sonst erzählen?" Ich bekomme die Worte kaum heraus.

"Es ist nicht mein Geheimnis, also werde ich es nicht zu verraten. Es ist deines." Damit steht er auf, räumt den Tisch ab und lässt mich wie betäubt auf meinem Platz kauern. Das Essen, das ich gerade genossen habe, liegt nun schwer wie ein Stein in meinem Magen.

Als er zurückkommt, habe ich mich nicht bewegt. Meine Augen fühlen sich kratzig an. "Saint, ich wusste es nicht. Ich wusste es nicht, als ich die Stelle annahm."

Er starrt mich an, zurück zu der teilnahmslosen Leere, die mir nichts darüber sagt, was er denkt. Ich möchte weinen und schreien. Ich möchte ihn anflehen, mich mein Geheimnis noch ein wenig länger für mich behalten zu lassen, zumindest bis ich weiß, wohin ich gehen kann, um mich und mein Baby zu retten.

Vielleicht klappt es ja. Vielleicht wird Lincoln nicht böse sein und mich bis zum Ende der Saison bleiben lassen. Vielleicht reicht das Geld und die Zeit aus, um mich in den Süden zu bringen, außerhalb der Reichweite der Hell Riders.

Ja, genau.

"Was wirst du tun?" fragt Saint, und mein Herz zerbricht. Sein Ton ist nachdenklich, aber distanziert. Keine Spur von Wärme.

Ich umarme meine Mitte. "Ich weiß es nicht."

DEN REST des Tages liege ich in meinem Bett. Saint lässt mich in Ruhe, verdammt sei Dank. Der Abend kommt und die Hütte füllt sich mit dem Lärm der Holzfäller. Stiefel stampfen, Stimmen schreien, Duschen gehen an- und werden abgestellt.

Ich rolle mich zur Seite und umarme mein Kissen. *Du musst es ihnen sagen.* Was wird Lincoln sagen? Mason? Sie werden mich auf keinen Fall bleiben lassen.

"Sierra?" Jagger ruft von meiner Tür aus. Er klopft leise. "Geht es dir gut?"

"Gut", krächze ich und bin froh, dass ich mit dem Rücken zur Tür stehe.

"Das Essen ist fertig."

"Ich bin nicht hungrig. Ich komme ... nachher runter." Ich drücke meine Augen zu, bis er geht. Dann beiße ich in meine Faust und versuche, nicht in Tränen auszubrechen.

Ich bin versucht, meine Kleider zu packen und sie in meinen alten Rucksack zu stecken. Pack alles in den Rucksack und mach dich auf den Weg. Vielleicht kann ich irgendwo anständig trampen, etwas auf der Straße leben, bis es kalt wird.

Mein Körper krampft und ich drücke das Kissen stärker an mich, dabei stelle ich es mir lediglich vor. Wem mache ich etwas vor? Ich habe alles auf diesen Auftritt gesetzt. Ich stehe auf und bürste mir mit zitternden Händen die Haare. Vielleicht kann ich Lincoln überzeugen, mich bis zum Ende der Saison bleiben zu lassen. Ich putze, koche, helfe beim Küchendienst - was auch immer. Jagger und die Zwillinge werden mich wahrscheinlich immer noch wollen. Lincoln - auf keinen Fall. Das wäre ein Vertrauensbruch für ihn. Ich sagte ihm, ich könnte den Job erledigen, und ich habe gelogen. Außerdem wird sich Lincoln, wie Saint, nicht wohl fühlen, eine schwangere Frau zu benutzen. Es war schwer genug, sie dazu zu bringen, mich als gleichberechtigte Partnerin im Schlafzimmer zu akzeptieren.

Mason - er könnte an der Situation Anstoß nehmen. Hat ihn nicht sein letztes Mädchen betrogen und wurde schwanger? Ich könnte an ihn appellieren mit der Begründung, dass dies eine Gelegenheit zur Rache ist. Die beste Rache wäre natürlich, mich rauszuschmeißen.

Also nicht Mason. Scheiße.

Ich werfe die Bürste weg, hebe meine Wimperntusche auf und lege sie auch weg. Ich möchte nicht wirklich die Aufmerksamkeit auf meine roten Augen lenken. Und selbst die wasserfesteste Wimperntusche hält auch einem guten, hässlichen Schrei nicht stand. Ich will keine Waschbärenaugen.

Mein Magen rebelliert, als ich meine Tür öffne. Wenn ich Glück habe, übergebe ich mich nicht. Fantastisch. Wird sie das nicht überzeugen, mich bleiben zu lassen?

Der Chor der Männerstimmen schwillt an, um mich zu

begrüßen, als ich den Speisesaal betrete. Sie verstummen leise, als ich mich nähere.

"Sierra? Geht es dir gut?" Lincoln runzelt die Stirn. Er steht halb auf, und ich strecke meine Hand aus, um ihn aufzuhalten.

"Ich muss ein Geständnis ablegen." Meine Stimme hallt in dem großen Raum mit meiner orakelhaften Verkündigung wider. Stirnrunzeln bei allen, Lincoln setzt sich wieder hin.

Ich schlucke hart. "Ich muss euch etwas sagen." Ich zögere, mein Blick bleibt an Saints hängen. Der große Kerl lehnt hinten an der Wand. Er trifft meine Augen und nickt langsam. "Ich bin schwanger."

Schweigen. Die meisten der Jungs warten regungslos, als hätte ich nichts gesagt. Roy und Tommy tauschen Blicke aus.

Elon hebt seine Hand. Ich zeige auf ihn, als wäre ich eine Kindergärtnerin.

"Ist das meins?" fragt er, ganz unschuldig mit blauen Augen.

Ich schmelze ein wenig. "Nein", sage ich sanft. "Ich war bereits schwanger, als ich herkam."

Niemand sagt etwas. Ich breite meine Hände aus, als wolle ich Gründe und Ausreden anbieten, aber meine Hände sind leer. Ich habe nichts.

"Nun ... das ist unerwartet", beginnt Jagger. Er sieht nicht böse oder verärgert aus. Die Augen der Zwillinge huschen umher, als warteten sie darauf, zu sehen, was die anderen tun. Mason starrt auf den Boden.

Lincolns Stuhl kratzt, als er sich vom Tisch wegschiebt. "Heute Abend wird nicht getanzt. Sierra ist aus."

"Aber es ist meine-", beginnt Jagger.

"Ich habe nein gesagt", schnappt Lincoln zu. Er legt mir

eine Hand in den Nacken, schiebt mich in sein Zimmer und hält mich wie ein Bär, der ein Kätzchen am Kragen erwischt hat. Die Angst in meinem Magen droht überzukochen.

In seinem Zimmer schwebe ich förmlich auf das Bett zu.

"Setzen", befiehlt Lincoln. Er bleibt stehen und füllt den Raum mit seiner Größe, seinen Muskeln und seinem schwarz-bärtigen finsteren Blick. Mir wird klar, dass meine Hände automatisch meinen Bauch bedeckt haben. Ich ziehe sie zurück und stelle kläglich fest, dass Lincoln meinen Bauch anstarrt.

"Wie weit?", will er wissen.

"Ich habe fast die Hälfte geschafft."

"Der Vater?"

Tot. "Nicht mehr im Bild."

Lincoln beginnt, durch den Raum zu laufen. "Hat er dir wehgetan?"

"Was?" Ich schüttle den Kopf ein wenig, weil ich glaube, die Frage nicht richtig gehört zu haben.

Lincoln ragt über mir auf, die Haare verfilzt, die Augen wild. "Der Mann, der dir das angetan hat. Hat er dir wehgetan?"

Meine Mund klafft für einen Moment auseinander, bevor ich antworte: "Nein, wir waren zusammen. Wir waren jung und dumm und hatten Sex ohne Kondom, aber er hat mir nicht wehgetan." Etwas wie ein Knurren entweicht aus Lincolns Kehle. "Er ist nicht der Grund für meine Flucht", füge ich leise hinzu.

Lincoln geht wieder auf und ab und meine Augen verfolgen ihn von einer Ecke des Raumes zur anderen. "Was ist mit der Familie? Wissen die, dass du hier bist?"

"Nein. Ich meine, ich habe keine." Das ist nicht ganz richtig. Wie ich Elon gegenüber erwähnt hatte, habe ich zwei Halbbrüder im unteren 48. Stock, die Lynny ein paar

Mal erwähnt hat, aber ich habe sie nie getroffen, und sie wissen nichts von mir.

Er reibt sich mit der Hand über den Kiefer und beschmutzt dabei seinen Bart. "Keine Mama oder Papa? Niemand?"

"Meine Mutter ist tot", bring ich abgehackt raus. "Ich weiß nicht, wer mein Vater ist. Lynny hat es mir nie gesagt."

"Lynny?"

"Meine Mutter." Ich reibe meinen Bauch. Die arme kleine Beule wird Jack auch nicht erkennen.

"In Ordnung." Lincoln geht hin und her, der Raum wird mit jedem Durchgang kleiner. "In Ordnung. Was ist mit Freunden, jemandem, dem du vertraust?"

"Warum fragst du das?" Ich stehe vom Bett auf, um meine Hände auf die Hüften zu legen. "Was ist dein Problem?"

"Mein Problem?" Lincoln bleibt stehen. "Du bist einundzwanzig. Du bist ganz allein. Du bist schwanger ..."

"Also, was geht dich das an?"

"Du bist mir wichtig", brüllt er so laut, dass die Tür klappert. Er greift nach mir, kontrolliert sich selbst und senkt seine Hände sanft auf meine Schultern. "Deine Probleme sind auch meine."

Ich beiße mir auf die Lippe.

"Sierra-"

"Du liegst falsch. Es ist mein Problem. Nur meins."

"Ach ja? Was wirst du tun?" Seine Hand fliegt zum Fenster hinaus. "Uns verlassen?"

"Wenn du es willst", flüstere ich. Er zuckt zusammen, als hätte ich ihn geschlagen.

"Du glaubst, ich will, dass du gehst?" Er eilt zu mir und ich zucke zusammen, aber er kniet nur nieder, nimmt meine Hände und reibt sich an ihnen. "Denkst du, ich würde dir nicht helfen?"

Ich zucke mit den Achseln und kann nicht antworten. Tränen laufen mir ins Gesicht und schwappen in Zwillingsbächen herunter.

Lincoln flucht schroff und zieht mich nach vorne. "Komm her." Sein Körper ist warm und fest, das Hemd weich. Ich vergrabe mein Gesicht an seiner Brust und schluchze. Er hält mich einfach nur fest.

"Scheiße, Sierra", murmelt Lincoln, eine Hand auf meinem Kopf, um mich in seiner Nähe zu halten. "Du bist nicht allein."

Ich trete zurück und schniefe. Mein Gesicht ist voller Rotz und Tränen, aber wenigstens habe ich keine Waschbärenaugen. Ich brauche ein paar Versuche, um meine Stimme zu finden. "Bin ich das nicht?" Ich bekomme Schluckauf.

"Nein", bestätigt mir Lincoln. Seine großen Bärenarme schwingen um mich herum.

Ein Klopfen an der Tür lässt mich wegspringen.

"Herein", sagt Lincoln eine halbe Sekunde, nachdem sich die Tür geöffnet hat. Mason pflanzt sich mit zusammengebissenem Kiefer in die Türöffnung. Sein Gesicht verdunkelt sich, als er mein tränenbeflecktes Gesicht sieht. Ich starre stumpfsinnig zurück. Ich habe nicht die Energie, mit seiner Launenhaftigkeit fertig zu werden.

"Alles in Ordnung?", fragt er Lincoln, seine Augen auf mich gerichtet.

"Alles ist in Ordnung", lächle ich und wische mir die Augen ab, um überzeugender zu sein. "Wir haben nur ... ein paar Dinge geklärt."

"Sie wird nirgendwo hingehen. Du wirfst sie nicht raus." Mason kämpft mit Lincoln und verschränkt die Arme über seiner Brust. Er ist nicht so groß wie der Crew Chief, aber jeder Zentimeter von ihm sind reine Muskeln. Sein Körper schreit: "*Versuch mich aufzuhalten.*"

Ich schwanke ein wenig. Hat Mason mich gerade verteidigt? Ich hoffe, ich falle aufs Bett, wenn ich vor Überraschung ohnmächtig werde.

"Du glaubst, ich würde ..." Lincoln bemerkt mein Wackeln und legt einen Arm um mich. Tiefes Einatmen weitet seine breite Brust. "Nein." Seine Stimme ist etwa eine Oktave tiefer. "Ich schicke sie nicht weg. Sierra gehört hierher." Sein Arm verkrampft sich. "Zu uns."

Mason starrt mich einen Moment lang an, seine Augen bohren Löcher in mein Gesicht. Er tritt zurück, sieht immer noch verärgert aus, nickt einmal und tritt hinaus, wobei er die Tür zuschlägt.

Ich lasse einen Seufzer los und stürze gegen Lincoln. Er streicht mir mit den Lippen über die Stirn und führt uns zum Bett, wo er sich mit dem Rücken gegen das Kopfteil setzt und mich in seine Arme zieht. Seine großen Hände wiegen eine von meinen und schweben über meinem Bauch. Ich drehe mich ihm zu, ziehe mein Hemd hoch und lege seine linke und rechte Handfläche über die sanfte Wölbung. Seine Finger breiten sich über meine gespannte Haut aus, berühren mich kaum, als hielten sie eine Blase, die er nicht zerplatzen lassen will. Ich lege meine Hände auf seine und drücke sie, und er atmet zitternd aus. Sobald er meinen Bauch hält, mich wirklich festhält, stoße ich einen Seufzer der Erleichterung aus.

"Warum hast du mir das nicht gesagt?", murmelt er und starrt mir auf den Bauch.

"Ich wusste es nicht. Erst der Arzt. Dann dachte ich, du würdest mich rausschmeißen. Jetzt weiß ich es besser", füge ich schnell hinzu, als seine Augen wieder wild werden. "Aber das ist kein Ort für ein Kind."

Seine Hände sind so groß, dass sie den größten Teil meines Babyhöckers bedecken. Sein Finger streicht an meinen Seiten entlang. "Wie sieht dein Plan aus?"

Ich schlucke ein hysterisches Lachen herunter. "Wohne hier bis zum Ende der Saison. Tanze jede Nacht und ficke jeden, der mich will. Wenn es vorbei ist ... nehme das Geld und versuche zu überleben."

"Du dachtest, du kannst mich nicht um Hilfe bitten?", wirft sein Tonfall vor.

Ich wollte es. Ich beiße mir auf die Lippe.

"Nun?" Für einen Moment erinnern mich seine bitteren, dunklen Augen an die von Mason.

"Ich wusste es nicht. Ich wusste es wirklich nicht. Es tut mir leid. Ich hätte nicht annehmen ..."

Lincolns Hände verlassen meine Beule, landen auf meinen Schultern und drehen mich so, dass ich wieder vorne liege, vollständig in seinen Armen eingeschlossen. Sein Bart kitzelt an meinem Nacken, und sein Bizeps wölbt sich auf beiden Seiten von mir. Er drückt einmal fest zu, und ich lasse mich nieder. Die harte Masse aus Knoten in meiner Brust löst sich auf.

Wir sitzen für einen langen Moment so da, meine Atmung verlangsamt sich entsprechend. So könnte ich mich zusammenrollen und sofort einschlafen und wie ein kleiner Bär im Schutz der Arme eines starken Mannes Winterschlaf halten.

Gerade als ich kurz vor dem Einnicken bin, finden Lincolns Lippen mein Ohr. "Sierra." Kapierst du es nicht? Ich habe Dich gefunden. Ich behalte Dich."

∼

Oren

MEIN KLEINES MESSER gräbt sich nur einen Millimeter von meinem Daumen entfernt in das glatte Holz. Ein langer, langsamer Strich, und dann wird mir klar, dass ich ein "schnitzendes Stirnrunzeln" trage. So nennt mein Bruder meinen Ausdruck, wenn ich mich konzentriere. Ich glätte meine Stirn schnell, für den Fall, dass jemand vorbeiläuft und sich fragt, ob ich verärgert bin.

Es ist jetzt zwei Stunden her, seit Sierra ihre Ankündigung gemacht hat, und viele Menschen sind verärgert. Nicht Roy und Tommy - sie verschwanden in ihr Zimmer, nachdem sie beim Aufräumen des Abendessens geholfen hatten. Lincoln ist immer noch bei Sierra. Er hat sein Zimmer lange genug verlassen, um nach einem Teller Essen zu fragen. Saint lieferte es aus, und die beiden unterhielten sich leise im Flur, bevor Lincoln mit dem Teller in der Hand hineingeduckt kam. Es kam zu einem kleinen Streit, als Jagger Saint konfrontierte und darauf bestand, dass er Sierra sehen wolle, aber Jagger hörte auf, als Mason ihm die Leviten las. Jetzt sitzen sie alle an entgegengesetzten Enden des Speisesaals, sitzen oder grübeln oder albern herum, als ob Sierra jeden Moment herauskommen und ihnen sagen würde, dass alles nur ein Witz war. Vor einer Stunde hatte ich die schmutzigen Blicke satt und zog mich in mein Zimmer zurück.

Ich bin nicht wirklich wütend. Ich glaube nicht, dass irgendjemand das ist, außer vielleicht Jagger. Er ist geilgrämig, weil er dachte, heute Abend sei er mit Sierra an der Reihe. Sieht so aus, als wäre das kleine Arrangement vorbei. Das stört mich nicht. Ich werde den Sex vermissen, sicher, aber es macht mir nicht allzu viel aus. Wenn sie ganz wegginge, würde ich den Sex vermissen, aber sie würde mir mehr fehlen.

Am Ende des Flurs wird die Dusche ausgestellt. Eine Minute später trampelt mein Bruder ins Zimmer, nur mit einem Handtuch bekleidet. Er lässt die Tür offen, trocknet sich ab und zieht sich an.

"Was machst du da?" fragt Elon.

Ich zucke mit den Achseln. Michelangelo beschrieb die Bildhauerei als eine *forza di levare*'. Ein Prozess des Wegnehmens. Er sah einen Marmorblock und entfernte alles, was nicht seine Skulptur war. Ich denke an die Holzschnitzerei auf die gleiche Weise. In diesem Stück Kiefer befindet sich eine Figur. Wenn ich hier sitze und genug abrasiere, wird sie sich mir offenbaren.

Einige Leute haben spezielle Messer und bestellen hochwertiges Holz für Holzschnitzereien. Ich mag es, mit allem, was ich zur Hand habe, schnitzen zu können. Ein bisschen Kiefer und ein Taschenmesser. Hier gibt es immer genug Holz. Ich sammle es. In der Nebensaison verkaufe ich auf Etsy erstklassige Holzblöcke an Liebhaber der Holzschnitzerei. Ich habe sogar eine kleine Kamera, die mich beim Schnitzen von Anfang bis Ende aufnimmt, um meine Technik zu zeigen. Meine Videos auf YouTube sind ziemlich beliebt - vor allem die Hunde- und Elefantenschnitzereien. Saint sagte, er werde mir beibringen, wie man eine Paywall aufbaut und die Videos diesen Winter in einen Kurs verwandelt.

Das Bett knarrt, als Elon sich hinsetzt. Für eine Weile ist er ruhig, aber ich weiß, dass er reden will. Ich könnte ihm eine Frage stellen, aber wenn ich lange genug warte, wird er sich öffnen.

Schließlich kratzt er sich am Kopf und fragt: "Willst du Kinder?"

Ich sehe ihn an, als sei er verrückt. "Ja."

"Wie viele?"

Ich zucke mit den Achseln. "So viele, wie meine Frau will." Mein Messer erreicht das Ende des Stücks, und ein schönes langes Stück Rasierholz kräuselt sich und fällt in den Haufen zu meinen Füßen ab.

Elon seufzt. Ich schnitze weiter und spüre seinen Blick auf meinen Händen. Ich möchte mich abwenden, meine Schöpfung verstecken, als wäre sie zu zerbrechlich, um gesehen zu werden.

"Was ist mit Sierra? Würdest du Kinder mit ihr haben wollen?", fragt er.

Ich halte für einen Moment inne. Mein Schwanz zuckt bei dem Gedanken, Sierra zu halten, sie hinzulegen und in sie hineinzugleiten. Ihre Haut ist wie der glatteste Marmor, eine warme und lebendige Skulptur, jedes Eintauchen und jede Kurve perfekt unter meinen Händen. Wie wäre es, ihren Körper sich verändern und ihren Bauch wachsen zu sehen, während ich die ganze Zeit weiß, dass es mein Samen ist, der in ihr Wurzeln geschlagen hat?

"Ja", bekräftige ich. "Ja, ich würde mir Kinder mit Sierra wünschen. Wenn sie mich haben wollte."

Elon seufzt wieder. "Ich auch." Er zappelt und ich fange wieder an zu schnitzen. Ich zappelte genauso viel wie er, bevor ich mit dem Schnitzen begann.

"Lincoln sagt, sie bleibt hier, bis sie das Baby bekommt. Vielleicht auch länger." Elon kratzt sich am Bart. "Er und Saint reden darüber, ob sie einen Platz in der Stadt bekommen oder sie in den Süden bringen sollen. Sie werden sie unterstützen."

Ich nicke zustimmend. "Ich werde helfen."

"Ich auch", sagt Elon schnell. "Sie wird viele Dinge für das Baby brauchen. Windeln, Fläschchen, Babykleidung.

Sehr viele. Im Winter wird es hier kalt. Wir sollten viele warme Sachen für das Baby besorgen. Ich werde es Lincoln sagen." Mein Bruder steht auf und geht zum Fenster, wo einige meiner Schnitzereien auf dem Sims liegen. Ein Elch, ein Hund, ein Elefant. Ein kleines Feenmädchen, mit flinken Flügeln. Er stupst sie mit dem Finger an. "Pullover und Socken und Decken", murmelt er. "Und Hüte. Wir verlieren den größten Teil unserer Wärme durch unsere Köpfe. Deshalb sollten Babys immer Hüte tragen." Er hebt die Feenschnitzerei auf, und sie verschwindet in seiner großen Hand. Ich zische zurück, eine Mahnung für ihn, vorsichtig zu sein. Diese Schnitzerei ist seine Lieblingsfigur. Ich sollte sie ihm geben, aber zuerst möchte ich noch eine für mich machen.

"Babyhüte", sinniert Elon, der aus dem Fenster schaut und immer noch die Fee hält. "Vielleicht sollte ich stricken lernen."

SIERRA

"DAS IST DIE HAND. Sehen Sie, wie sie winkt?", fragt der Arzt.

Ich nicke, auch wenn ich es nicht tue. Der Ultraschall sieht aus wie eine fremde Landschaft, ein schwarzweißer Fernsehschirm voller Rauschen.

"Was bedeutet das?" fragt Lincoln leise. Er steht an meiner Seite, hält meine Hand, während der Arzt sein Instrument in meinen Bauch drückt, und manövriert umher, damit wir einen guten Blick auf mein Kind werfen können.

"Noch ein Winkel mehr, um sicher zu sein", murmelt der Arzt. Er drückt mehr Glibber auf meinen freiliegenden Bauch. Ich atme tief ein.

"Tut es weh?" Lincoln dreht seinen Kopf zu meinem, Sorgenfalten verunstalten seine Stirn. Seit meiner Ankündigung ist er besonders aufmerksam.

"Nein", drücke ich seine Hand fester zusammen. "Nur kalt."

"Herzschlag, einhundertvierzig", verkündet der Arzt.

"Ist das okay?" Lincoln sieht beunruhigt aus.

"Oh ja. Gut im Normbereich."

Lincoln und ich atmen beide tief ein und lassen es raus.

"Alles sieht gut aus. Und Sie sagen, Sie wollen das Geschlecht wissen?"

Ich nicke und drücke Lincolns Hand fester zusammen.

"Herzlichen Glückwunsch", sagt der Arzt. "Es ist ein Mädchen."

SANKT

DER WIND KNEIFT mir in die Wangen, während ich mich an den Lastwagen lehne. Neben mir ahmt Elon meine Pose nach. Sein Bruder sitzt auf der Ladefläche des Lastwagens und schnitzt mit einem kleinen Taschenmesser. Er schnitzt immer etwas. So wie Elon vor Energie zuckt, wünschte ich, er würde seinen Zwilling imitieren und etwas finden, das seine Hände beschäftigt. Der Rest der Jungs ist in den Gemischtwarenladen gegangen. Ich bin früher in der Woche gelaufen, deshalb war dieser Ausflug unnötig. Als Sierra ängstlich erwähnte, dass sie bei diesem Arzttermin das Geschlecht des Babys erfahren würde, fanden plötzlich alle einen Grund, zur gleichen Zeit in die Stadt zu kommen.

"Was denkst du? Junge oder Mädchen?" fragt Elon.

Ich zucke mit den Achseln. Heute Abend werden Lincoln und ich uns mit Sierra hinsetzen und ihr unseren Plan erläutern. Wir wollen sie unterstützen, solange sie es braucht. Inzwischen sollte sie wissen, dass sie für uns etwas Besonderes ist. Vielleicht würde sie sich dafür entscheiden, bei uns zu bleiben, vielleicht auch nicht, aber wir hofften, dass sie darüber nachdenken würde, ein Leben mit uns zu führen, für ihr Baby.

"Wie lange sind sie schon da drin?" Oren kommt herüber, steckt sein Messer ein und die Schnitzerei in seine Tasche.

Ich zucke wieder mit den Achseln und beiße die Zähne zusammen, während die Zwillinge immer wieder dumme Fragen stellen.

"Ist alles in Ordnung? Wann werden sie fertig sein?"

"Das werden wir wohl herausfinden", sage ich mit einem Blick auf das Schild des Arztes. Wir müssen herausfinden, wie wir Sierra in die Nähe der Stadt bringen können, wenn sie fällig ist, sonst muss einer von uns das Baby vielleicht empfangen.

"Alles ist in Ordnung. Lincoln ist mit ihr da drin", erinnere ich die Zwillinge daran, bevor sie sich zu sehr aufregen. Der Besatzungsleiter bestand darauf, hineinzugehen, die Hand auf Sierras schwachem Rücken, die väterliche Verantwortung stand ihm ins Gesicht geschrieben. Ich wette, er wird seinen Namen auf die Geburtsurkunde schreiben, wenn Sierra es ihm erlaubt.

Oren lässt sich nieder und holt seine Schnitzerei wieder heraus. Elon geht die Länge des Wagens auf und ab. Ich beiße mir auf die Zunge, um nicht nach ihm zu schnappen.

Stattdessen behalte ich die Tankstelle neben uns im Auge. Ein paar Motorräder rollen ein und aus, mehr kommen als gehen, bis der Parkplatz voll ist, Reihe um Reihe aus Leder und Chrom.

"Hey", schreit Jagger, als er sich nähert. Der Rest der Jungs folgt, Mason bildet die Nachhut. "Gibt's was Neues?"

Ich schüttle wortlos meinen Kopf, gerade als Jaggers Blick auf jemanden hinter mir fällt.

"Sie sind fertig", verkündet Elon unnötigerweise, während Lincoln Sierra die Rollstuhlrampe hinunterführt. Ihr Bauch hat gerade begonnen, ihr Hemd ein wenig zu wölben. Sie sieht blass aus, schenkt uns aber ein Lächeln.

"Nun?", verlangen die Zwillinge zu wissen und umkreisen sie. Sie schaut zu uns auf; sie muss zu uns allen aufschauen, hat aber keine Mühe, für sich selbst einzustehen. "Hast du es herausgefunden?"

"Ja", antwortet Lincoln mit ärgerlicher Vagheit. "Macht Platz", warnt er die Jungs scharf, als sie Sierra drängen.

"Ist schon in Ordnung", sagt sie. Ihre sanfte Stimme verbirgt ihren starken Willen. "Es ist ein Mädchen."

Jagger hebt sie auf und wirbelt sie herum und jubelt über Lincolns Proteste. Als er sie absetzt, stellen sich die Zwillinge und sogar Roy und Tommy für Umarmungen auf. Mason lauert am Fuß des Lastwagens.

"Hey, willst du hier essen?" Jagger deutet zu dem an der Tankstelle angeschlossenen Diner. "Ich habe ein paar gute Dinge über das Lokal gehört. Der Parkplatz ist voll."

"Ja", sagt Lincoln abgelenkt. "Besorgst du uns einen Tisch?"

Sierra zeigt den Zwillingen ein Bild des Ultraschalls. Wenn sie den Arm hebt, rutscht ihr Ärmel nach unten, um ein paar Pflaster zu zeigen.

Ich rutsche auf ihre Seite. "Alles gut?"

"Oh ja", lacht sie, als ich ihren Arm berühre. "Sie haben gerade Blut abgenommen. Es ist alles in Ordnung. Das Baby, ich ... alle."

"Gut." Ich falle Lincoln ins Auge. Wir müssen unsere Pläne eher früher als später besprechen.

Wir starten über das Gelände in Richtung Restaurant, weitere Motorradmotoren zerreißen die Luft.

"In letzter Zeit gibt es hier viele Biker", sagt Elon.

Sierras Schritte schwanken. Ihre Schultern krümmen sich, und sie dreht sich um, selbst als die Jungs nach vorne strömen und ihr die Sicht versperren.

Ich gebe Lincoln ein Zeichen, und wir sehen beide zu, wie Sierra in sich zusammenschrumpft, den Kopf einzieht und sich die Haare ins Gesicht fallen lässt. Sie faltet sich in der Mitte zusammen, beugt sich über ihren winzigen Babybauch und rutscht bis zu einem Halt, bevor sie die Motorradlinie passiert.

Ich bin auf der anderen Seite des Parkplatzes, bevor die Biker aufschauen und sie bemerken. Mein Schatten spannt sich über sie und gibt ihr Deckung.

"Hey", ruft einer der Biker. Ich ignoriere ihn. Es gibt nicht viele Schwarze so weit im Norden. Aber ein Mann muss sich sicher sein, bevor er einen Kampf mit einem Typen meiner Größe anfängt.

Im Glas der Tür des Diners beobachte ich, wie Lincoln die Sierra-Herde zurück zum Lastwagen treibt. Sobald sie sicher außer Sichtweite ist, stecke ich meinen Kopf hinein, um den Rest der Besatzung zu rufen. "Jungs. Jagger. Wir sind draußen."

"Aber ich dachte, wir bekommen Essen ..." Jagger dreht sich um und die Überraschung steht ihm ins Gesicht geschrieben.

"Mach, was du willst." Ich drehe mich angewidert auf

den Fuß und gehe zurück zum Lastwagen. Die Biker rufen nicht mehr in meiner Richtung, aber ich spüre ihre Boshaftigkeit bei jedem Schritt, den ich mache. Sie wollen einen Streit anfangen.

Lincoln kommt mir auf halbem Weg entgegen.

"Was geht hier vor sich?" Ich gehe weiter auf den Lastwagen zu.

"Weiß nicht. Sie sieht einfach sehr verängstigt aus."

Ich fluche vor mir hin, als ich auf die Motorradfahre zurückblicke.

"Bring sie zurück", fordert mich Lincoln auf. "Du hast Aufmerksamkeit erregt." Er nickt der Reihe von Bikern zu, die in einer Schlange stehen, Zigaretten rauchen und mich anschauen.

"Sie haben nur noch nie einen Schwarzen persönlich gesehen", spotte ich.

"Ja, aber vielleicht wollen sie mehr tun, als nur schauen. Hell Riders kontrollieren dieses Gebiet. Sie sind wahrscheinlich auf der Durchreise und sammeln Schutzgeld ein."

"Oder auf der Suche nach jemandem."

"Ja. Schafft sie hier raus." Lincoln gibt mir die Schlüssel. "Ich werde den Rest der Jungs zusammentrommeln und sie ablenken. Sie ist zu Tode erschrocken. Bald wird sie uns die Wahrheit sagen."

Sierra sagt nichts, als ich in den Lastwagen einsteige. Sie ist auf dem Sitz ganz nach unten gerutscht, in die Tiefe ihres Kapuzenpullovers geschrumpft. Wenn jemand auf den Beifahrersitz schaut, sieht er einen Kapuzenpullover und sonst nichts. Ich bleibe still, während sie sich nach unten kauert. Ihre Zähne klappern ein wenig, obwohl es gar nicht so kalt ist.

Ich warte darauf, etwas zu sagen, nachdem wir die Stadt

verlassen haben. Ein paar Meilen weiter setzt sie sich ein wenig auf und schaut aus dem Fenster. Ihre Fingernägel, am Ende ihres Sweatshirts zupfend, sind bis zum Anschlag abgebissen.

"Der Vater des Babys war ein Reiter." Ich behalte meine Augen auf der Straße.

"Ja", flüstert sie, Angst flackert in ihrem Ausdruck. Ich muss mich zusammen reißen, um auf der Straße zu bleiben, um nicht umzudrehen und einen Streit mit diesen Bikern anzufangen. Ich würde die Hälfte von ihnen bewusstlos zurücklassen.

Ich strecke meine Hand aus und lege sie auf ihr Knie. Sie ist so klein, dass meine Hand sie vollständig bedeckt. "Wir lassen nicht zu, dass dir etwas passiert."

Sie zuckt beim Bejahen mit dem Kopf. Ich drücke, um sicherzugehen, dass sie es versteht.

"Lincoln und ich haben dir ein Versprechen gegeben. Der Rest der Jungs unterstützt es, aber es braucht nur einen von uns, um es zu erfüllen. Du hast nichts zu befürchten. Wir werden dir alles geben, was du brauchst, auch nachdem du dieses Baby bekommen hast."

"Ich weiß", sagt sie leise. "Ich danke dir."

"Und wenn dich jemand bedroht, dann hat er es mit uns allen zu tun." Ich sehe zu, wie sie aus dem Augenwinkel starr wird und nehme meine Hand weg. Ich konnte nichts für den intensiven Klang in meiner Stimme meiner Stimme. Da draußen ist jemand, der eine Gefahr für Sierra darstellt. Wenn ich herausfinde, wer, wird er aufhören, auf der Erde zu wandeln. Es ist nur noch eine Frage der Zeit.

Ich zwinge mich, ruhig zu klingen. "Es ist alles in Ordnung. Du bist in Sicherheit. Du bist jetzt bei uns."

Ich halte den Atem an, bis sie nickt. Sie ist bei mir. Eines Tages wird sie sich mir oder Lincoln öffnen, und wir werden ihr helfen. Lincoln hat mich davor gewarnt, ihr Angst zu machen.

"Braves Mädchen", lobe ich sie. "Solange du das weißt." Als ich auf die einspurige Autobahn einbiege, spüre ich, wie sie sich entspannt, und füge hinzu: "Ich lasse keinen Mann an dem rumpfuschen, was mir gehört."

SIERRA

SAINT und ich waren lange vor allen anderen in der Lodge. Er zwang mich, ein Sandwich zu essen und ein Glas Milch zu trinken, wobei er über mir schwebte, während ich aß. Ich hatte das Gefühl, er hätte es mir vorgekaut und wie ein Mamma-Vogel an mich verfüttert, wenn ich mich geweigert hätte. Nach dem Essen brachte er mich auf sein Zimmer, reichte mir eine Tafel Schokolade und ein Buch mit einem zarten rosa-weißen Einband. Es war von einer Hebamme geschrieben, erklärte er, und es enthielt viele gute Ratschläge und Geburtsgeschichten. Ich musste nur eine Minute lang darin blättern, um zu erkennen, dass er Recht hatte.

Danach legte ich mich prompt auf sein Bett und fiel in ein Schokoladenkoma. Ich konnte es nicht verhindern. Egal, wie sehr ich ausschlafe, nach dem Mittagessen schließen sich meine Augenlider für mindestens eine Stunde. Ich beschwerte mich bei Saint, und er sagte, dass das Baby seinen Willen auf mich ausübte.

Stimmen weckten mich auf, aufsteigend, fallend, streitend. Die Männer sind zu Hause.

Ich reibe mir die Augen und gehe in die Halle. Die Jungs

stehen in einem Kreis zwischen Tisch und Tür, eine Ansammlung von wütenden bärtigen Gesichtern.

"Ich denke nur -", beginnt Jagger, und Lincoln tritt in seinen Raum und reißt dem Blonden ein Stück Papier aus der Hand.

"Das geht uns nichts an", knurrt der Besatzungschef. "Sie sagt es uns, wenn sie dazu bereit ist."

"Worüber redet ihr da?" Meine Stimme fällt wie eine Granate zwischen die beiden.

Lincoln, Mason, Saint drehen sich zu mir um. Elon und Oren sehen schuldig aus.

"Hier." Jagger zieht das Stück Papier aus Lincolns Hand und streckt es mir entgegen. Ich gehe zu ihm hinüber und bleibe stehen, sodass ich das Bild aus einigen Metern Entfernung erkennen kann. Es ist ein altes Foto von mir. Ein "Vermisst" Plakat. Mit meinem Gesicht darauf.

Jegliches Blut verlässt mein Gesicht. "Wo hast du das her?"

"Es hing an einem schwarzen Brett im Diner."

"Es gibt eine Belohnung", betont Jagger. "Zehntausend Dollar. Wir können sie anrufen und sie einkassieren."

Ich schüttle den Kopf, bevor er den Satz beendet hat. "Nein. Nein." Die Hell Riders müssen es gepostet haben. Dex weiß, dass ich dabei war, als Jack starb. Er ist schlau - man kommt nicht dazu, einen Club wie die Hell Riders zu leiten, wenn man keinen Verstand hat. Dex hat die perfekte Kombination aus Grips, Tatkraft und absoluter Rücksichtslosigkeit. *Ruf sie rein, Jack. Es ist Zeit zu teilen.* Wenn er mich will, kann ihn nichts aufhalten.

Jagger spricht wieder und winkt mit dem Plakat. Ich höre nichts außer das Rauschen in meinen Ohren. Ich muss rennen, mich verstecken. Lincoln steht mir gegenüber, die Lippen bewegen sich. Er will wissen, was los ist. Ich schüttle den Kopf. Mein Gehirn ist eingefroren und rast wie ein verängstigtes Nagetier. So sehr ich es auch versuche, eine klare Antwort oder Erklärung kann ich nicht herausstottern.

Mason stößt Jagger mit Abscheu weg. "Steck ihn weg."

"Aber-" Jagger protestiert.

"Tu es", befiehlt Lincoln. "Du siehst doch, dass es sie aufregt." Seine breite Brust füllt meine Vision aus, und dann bin ich in seinen Armen und klammere mich an seine Hemd, als ob ich Kraft aus den Muskeln darunter ziehen könnte.

Hinter uns geht es im Kreis weiter. "Zehntausend Dollar", jammert Jagger und Mason spuckt Schimpfworte. Ein Schrei erhebt sich, unterbrochen vom Grollen von Saint, der ihnen sagt, dass sie mich endlich in Ruhe lassen sollen.

Dann hebt mich Lincoln hoch. "Shhh, es ist okay", murmelt er. Ich wälze mich gegen seine Brust, mein Gesicht versteckt sich unter seinem Bart und atmet den Duft von Zedernholz und Zitronenseife ein. Das Knurren der Männerstimmen weicht zurück. Eine Tür geht zu und Lincoln setzt sich auf das Bett. Seine Hand reibt große Kreise auf meinem Rücken. Mit jedem Durchgang lässt das Klingeln in meinen Ohren ein wenig nach. Ich keuche ein wenig, meine Finger graben sich in ihn hinein. Ich lasse meinen Griff locker und schaue ihn an, unfähig, ein Lächeln zu erzwingen.

"Es ist alles in Ordnung", sagt er mir ernsthaft. "Du bist hier sicher."

Die Worte prallen von meinem Gehirn ab. Mein starrer Blick mit großen Augen sagt: *Ich weiß nicht, was du mir sagen willst.*

Lincoln liest meine unausgesprochene Verwirrung.

"Saint und ich haben geredet." Er drückt meine Beine zusammen und massiert sie, während er erklärt. "Wir möchten, dass du hier bleibst, bis das Baby geboren ist, und auch danach. Wir werden dir helfen. Du musst dir keine Sorgen machen, arbeiten oder etwas für uns tun ..."

Ich lasse meinen Kopf auf seine Brust fallen, unfähig, dessen Gewicht zu halten. Lincoln hört auf zu reden. Er hält mich fest, streichelt meinen Rücken und drückt meine verspannten Muskeln mit starken, sanften Händen zusammen.

"Du kannst mit mir reden." Lincoln sagt. "Jederzeit", betont er. Du weißt das."

Ich entlasse die Luft aus meinen Lungen und nicke gegen die feste Mauer seiner Brustmuskeln. Seine Hände massieren mich immer wieder. Sie sagen mir: *Psst. Ist ja gut. Wann immer du bereit bist.*

"Wir sind bei dir, egal wie du dich entscheidest", fügt er hinzu. "Wir werden nicht zulassen, dass dir etwas passiert."

8

S ierra

IN DEN NÄCHSTEN Tagen halte ich mich bedeckt. Ich verlasse mein Zimmer zum Duschen und Essen und wähle Zeiten, zu denen die Jungs weg sind und die Hütte leer ist. Jagger und Elon versuchen vergeblich, mich herauszulocken. Nach ein paar Tagen hören sie auf, und ich wette, Lincoln und Saint haben ihnen gesagt, sie sollen sich zurückziehen. Ich bleibe im Bett, mit einem Buch, und starre aus dem Fenster.

Ich denke viel über das nach, was Lincoln gesagt hat. Wie er und Saint einen Platz für mich und das Baby schaffen werden. Ich glaube, sie wollen helfen, aber was für ein Leben könnten wir hier draußen haben? Eine Frau und ein Baby mit einem Holzfällertrupp. Was würde das bedeuten? Wie würde meine Beziehung zu ihnen ausse-hen? Selbst wenn ich sicher sein kann, dass die Höllen-reiter mich nicht finden und sich an allen rächen werden, die mir geholfen haben, mich zu verstecken, kann ich nicht glauben, dass all die Jungs sich wohl fühlen würden, wenn sie mir auf unbestimmte Zeit Unterkunft und Verpflegung geben würden. Nicht, wenn ich eine alleinerziehende Mutter bin, und nicht nur ein bequemes Sexspielzeug.

Aber ich weiß nicht wirklich, was die Jungs denken. Ich habe zu viel Angst, mein Zimmer zu verlassen und es herauszufinden.

Eines Nachmittags liege ich im Bett und streiche mir über den Bauch, als meine Tür auffliegt und Mason hineinstampft. Ich fahre hoch, mein Haar fällt um mein Gesicht und meine Schultern, aber er sieht mich nicht an.

"Hier." Er knallt etwas so hart auf die Kommode, dass es klappert. "Du musst die hier nehmen." Nachdem er in jede Ecke des Raumes geschaut hat, geht er.

Ich warte, bis die Tür hinter ihm zuschlägt, bevor ich sein Geschenk überprüfe. Eine Flasche mit pränatalen Pillen. Mein Herz zieht sich zusammen und ich kämpfe darum, sie zu schlucken oder Luft zu holen. Ich führe die Flasche zum Mund und drücke die Kappe an meine Lippen.

Einige Jungs bringen Schokolade oder Blumen mit. Nun vertraue ich darauf, dass Mason mit einer notwendigen Tagesdosis Folsäure "Es tut mir leid" sagt.

An diesem Abend verlasse ich zum ersten Mal seit einer Woche mein Zimmer und gehe in den Speisesaal. Das Geschwätz der Jungs verstummt zu einem Raunen, als ich mich nähere. Die bärtigen Gesichter enthalten viele spekulative Blicke, aber als ich näher komme, schiebt Saint einen Stuhl für mich heraus, damit ich mich setzen kann.

"Danke", entgegne ich. Sobald mein Hintern auf dem Stuhl aufschlägt, reicht mir Oren einen Teller, Roy gibt mir die Kekse, und Mason schiebt die Butter in meine Richtung.

Ich bleibe ruhig und konzentriere mich auf meinen Teller, kann mir aber ein kleines Lächeln nicht verkneifen.

Vielleicht können wir das doch noch zum Funktionieren bringen.

LINCOLN

"DEIN STALL IST OFFEN, MANN", flüstert Tommy und grinst mich dabei an.

Ich nicke ihm zu, ziehe meine Jeans zu und schaue zurück in mein Zimmer. Sierra schläft unter einem Haufen Decken, ihr schwarzes Haar liegt auf dem Kissen und ihre Hände sind um den Bauch geschlungen. Sie hat in letzter Zeit viel mehr geschlafen, ihr Körper arbeitet daran, das kleine Leben wachsen zu lassen.

Vorsichtig schließe ich die Tür und gehe den Flur hinunter. Irgendwo in der Küche klirrt ein Topf auf dem Boden.

"Shhh", zischt jemand, bevor ich etwas sagen kann. "Sei still. Sierra schläft."

Ich ziehe den Kopf ein, um ein Lächeln zu verbergen, schreite in das Zimmer von Saint und klopfe an die Tür.

"Herein." Der große Mann sitzt auf seinem Bett und runzelt die Stirn über ein Notizbuch auf seinem Schoß. "Wir müssen etwas gegen Jagger unternehmen. Er hat diese Woche drei Schichten geschwänzt und kam zu spät zu den anderen und roch nach Stinktier. Wir haben ihn nicht erwischt, aber er raucht wahrscheinlich vor Ort."

Ich kneife mir den Nasenrücken zu. "Dummer Wichser", murmelte ich. "Ich könnte es ignorieren, wenn er es nur aus dem Job raushalten würde."

"Er ist nicht gerade die hellste Kerze auf der Torte." Erklärt Saint. "Als er das letzte Mal in der Stadt war, fragte er nach härteren Sachen herum. Hat mit ein paar zwielichtigen Arschlöchern geredet."

Ich balle meine Hand zu Faust. "Dann muss ich das mit ihm endgültig klären. Ich habe es nicht nötig, dass das Gesetz hier herumschnüffelt. Oder Dealer."

"Willst du den wirklich beschissenen Teil wissen?" Saint fährt fort. "Ich glaube, er macht das, um Sierra zu beeindrucken."

Worte können die Dummheit von Jagger nicht ausdrücken, also schüttle ich nur den Kopf.

"Ja", stimmt Saint mit meiner unausgesprochenen Meinung überein.

"Er sollte sich verdammt noch mal besser von ihr fernhalten. Wenn er irgendetwas tut, um sie oder das Baby zu gefährden, werde ich ihn nicht einfach feuern. Ich werde ihn K.O. schlagen und sein Grab selbst schaufeln."

"Da muss du Sierra zuvorkommen. Sie ist heftig drauf." Saint blitzt mit einem weißen Lächeln auf. "Sie ist knallhart."

Der Gedanke an unsere kleine Tänzerin treibt die Wut aus mir heraus. Hinterlässt nichts als Stolz. "Sie wird eine tolle Mutter sein."

"Die Beste." Ein Moment der Stille, in dem wir über unsere kleine Tänzerin nachdenken, deren flacher Bauch langsam zu schwellen beginnt. Wir haben nicht darum gebeten, einer schwangeren Frau Unterschlupf zu gewähren, aber jetzt, wo sie hier ist, kann ich mir nichts anderes mehr vorstellen. Jedes Mal, wenn ich ihr die Füße massiere, oder wenn die Zwillinge in die Stadt laufen, um die Salz-Essig-Chips zu holen, nach denen sie sich sehnt, oder wenn Saint mehr Essen auf ihren Teller häuft, denken wir alle dasselbe. Keiner von uns würde es zugeben, aber wir wünschen uns alle, das Baby wäre unseres.

Ich werde alles tun, um Sierra und das kostbare kleine Leben, das in ihr wächst, zu schützen.

Ich treffe den Türpfosten. "Ich kümmere mich um Jagger", das verspreche ich.

"Tu das", sagt Saint. "Bevor er etwas wirklich Dummes anstellt."

***

Sierra

"IN LETZTER ZEIT WAR ES RUHIG", sagt Jagger und blickt von der Straße zu mir. "Ohne dich sind die Nächte nicht dasselbe."

Ich fummle an dem Reißverschluss meiner Jacke und zaubere ihm ein Lächeln ins Gesicht. Sonntage sind tolle faule Tage. Ich hatte gerade ein episches Nickerchen in Lincolns Zimmer gemacht. Sein Bett ist zu meinem Lieblingsbett geworden - groß, mit vielen karierten Decken in allen möglichen Größen bedeckt. Wenn ich Glück habe (und das habe ich meistens), klettert er mit mir hinein und kuschelt mit mir. Bei einem Löffelwettbewerb hätte er jedes Mal den besten großen Löffel gehabt.

"Ich vermisse auch die Nächte mit dir", murmle ich. Nicht nur mit Jagger, sondern mit allen Jungs. Beim nächsten Arzttermin will ich fragen, wie ich die sexy Zeit wiederherstellen kann. Nichts allzu Akrobatisches, aber ich sehne mich sehr nach den Körpern meiner Männer. "Danke, dass du mich heute in die Stadt mitgenommen hast." Als ich aufgewacht war, stand er an der Tür und bot mir an, mich in die Stadt zu fahren, um neue Kleider zu kaufen. Alles wurde jetzt langsam enger. Ich bin so daran gewöhnt, meinen Körper unter Pullovern und Sweatshirts zu verstecken, dass es ein regelrechter Schock war, zu sehen, wie mein Bauch unter meinen kleinen T-Shirts hervorschaute.

Die Jungs haben nichts angedeutet, aber vor ein paar Tagen gab mir Lincoln seine Bankkarte und sagte, wenn Saint das nächste Mal in die Stadt fahre, solle ich "ein paar Dinge für mich kaufen, alles, was ich brauchen würde." Ich versuchte, mich zu weigern, aber er steckte sie mir in die Tasche und nervte mich solange, bis ich mir seine PIN einprägte. Und am Freitag umarmte Tommy mich und steckte mir ein paar Zwanziger zu.

"Kein Problem." Jagger fährt einhändig, sein linker Arm hängt aus dem Fenster. Das ist auch gut so - er riecht nach Gras. Er ging mir seit dem Fahndungsposter aus dem Weg. Vielleicht ist diese Reise seine Art, sich zu entschuldigen.

"Geht es dir gut?" Jagger runzelt in meine Richtung die Stirn. Ich merke, dass ich mir den Bauch reibe und höre auf.

"Ja. Alles ist gut. Mein nächster Arzttermin ist in zwei Wochen, aber es scheint alles gut zu laufen."

"Gut, gut." Jagger wippt mit dem Kopf. "Wenn du etwas brauchst, Geld oder sonst etwas, lass es mich wissen."

Ich drehe mich auf meinem Sitz, um ihn zu mustern. Sein gewöhnlich unbeschwerter Ausdruck ist ernst. "Warum?", frage ich. Ich weiß, die Frage ist unverblümt, aber nachdem ich ein Leben lang mit ansehen musste, wie meine Mutter von Männern im Stich gelassen wurde, fällt es mir schwer, zu begreifen, dass es gute Jungs gibt.

"Sierra", antwortet er belustigt. "Musst du das wirklich fragen? Wir sorgen uns um dich."

Ich beiße mir auf die Lippe und möchte ihn weiter

ausfragen. Ich warte, bis er auf die Autobahn abbiegt, bevor ich leichthin "Gut zu wissen" entgegne.

"Weißt du, als du zum ersten Mal sagtest, du seist schwanger, gab es einen Moment, in dem ich dachte, es könnte meins sein", erwiderte Jagger. Ich werfe einen Blick auf ihn, aber er ist auf die Straße konzentriert.

"Habe ich dich verschreckt?"

"Nein", erwidert er schnell. "Nein". Na ja, ein bisschen. Aber das Hauptgefühl war nicht die Panik. Es war Aufregung."

Ich nicke langsam, drehe seine Worte vorsichtig um und überprüfe sie auf ihren Kontext.

"Ich meine es ernst." Er schaut mich so lange an, dass ich ihn anschnauzen möchte, er soll lieber schauen, wohin er fährt. "Da gibt es nicht einen Mann, der sich nicht fragt, wie es wäre, der Vater zu sein."

"Vielleicht nicht Roy und Tommy", nuschle ich und er lacht.

"Okay, vielleicht nicht sie. Ich müsste sie fragen. Aber im Ernst, Sierra, wir sind alle froh, dass du bei uns bist."

"Auch wenn meine Muschi bald ganz ausgeweitet wird", versuche ich zu scherzen, kann mich aber selbst über meine Worte nicht amüsieren.

Jagger rollt mit den Augen. "Ich verstehe, dass du unsere Wohltätigkeit nicht willst. Aber ist dir jemals in den Sinn gekommen, dass unser Leben besser ist, seit du deins mit uns teilst? Nicht nur deine fantastische Muschi. Sondern du."

Ich neige meinen Kopf zur Seite. "Meine Muschi *ist* fantastisch."

"In Ordnung." Er schüttelt den Kopf, als wolle er sagen: *"Nur zu, mach weiter Witze. Ich versuche aufrichtig zu sein.*

Ich lasse eine Weile verstreichen, bevor ich leise

antworte: "Ich weiß, was du sagen willst, und ich weiß es zu schätzen. Es fällt mir schwer, Wohltätigkeit zu akzeptieren. Und ... ich mag es, die Dinge einfach zu halten. Ein Kind ändert alles."

"Veränderung ist nicht unbedingt schlecht."

"Nein." Ich denke darüber nach. Was wird sich ändern? Lincoln wird immer noch beschützend und Saint subtil dominant sein. Die Zwillinge und Jagger versuchen immer noch, mich herauszulocken, mich zum Lachen zu bringen und Spaß zu haben. Sogar Mason tut immer noch so, als würde er mich mürrisch anschauen. Ich hatte seit der Ankündigung keinen Sex mehr mit ihnen, aber das war meine Entscheidung. Ich könnte jede Zeit in ihre Betten zurückkehren, und sie würden mich mit offenen Armen empfangen. Oder auch nicht, und sie würden nur kuscheln und mich verwöhnen.

Bislang waren alle Veränderungen gut.

"Ich weiß, dass du vielleicht nicht für immer bei uns bleiben willst", bekräftigt Jagger. "Aber es ist toll, dich hier zu haben. Nicht als Sexspielzeug. Als ... als Frau. Als eine Freundin."

Ich räuspere mich. Verdammte Hormone, die mich alle zwei Minuten zum Weinen bringen. "Danke, J. Das bedeutet mir sehr viel."

Er zuckt mit den Achseln. Ich beuge mich vor, kneife ihn in die Seite und entlocke ihm ein vertrautes Grinsen.

"Außerdem" - ich setze mich wieder auf meinen Platz - "Hormone im zweiten Trimester sollen total verrückt spielen."

Er schmunzelt. "Auch etwas, worauf man sich durchaus freuen kann."

Nachdem er den Rücksitz mit Einkaufstaschen gefüllt hat, überprüft Jagger sein Telefon. Ich warte, während er jemandem simst. Die Luft ist knackiger als in meiner Erinnerung. Es ist schon so lange her, dass ich mich nach draußen gewagt habe; ich muss raus und etwas Bewegung bekommen. Ich kann regelmäßige Spaziergänge durch den Wald machen, wenn die Jungs mir einen Pfad zeigen.

"Hey, hast du Hunger?" fragt Jagger, seine Augen immer noch auf seinem Telefon. "Wir können für Essen anhalten, bevor wir zurückfahren."

Ich zucke mit den Achseln. "Ich könnte ne Kleinigkeit essen. Aber Saint kocht heute Abend, und ich will Appetit haben."

"In Ordnung. Noch eine Besorgung, und wir halten für Benzin und Snacks, bevor wir zurückfahren."

Als wir wieder auf der Straße sind, rumpelt ein Motorrad an uns vorbei, und ich schrumpfe automatisch auf meinem Sitz zusammen. Meine Erinnerung an Jacks Tod scheint so weit weg zu sein.

"Ich muss mich vor diesen Schlaglöchern in Acht nehmen. Nehme ich den falschen und ich könnte die Geburt auslösen."

Das Auto hält an und ich sitze aufrechter und erkenne das Hotel, in dem ich Lincoln gefickt habe.

"Es ist okay, Sierra. Nur ein kurzer Halt." Jagger zwinkert mir zu und springt ab. Saint deutete Jaggers Drogenkonsum an. Ich frage mich, ob er sich in der Stadt was besorgt. Das letzte Mal, dass ich etwas genommen habe, war bei den Hell Riders.

Ich sacke auf dem Beifahrersitz zusammen und lasse meine Augen zu. Die Erinnerung flüstert mir ins Ohr, meine Stimme, angestrengt und undeutlich.

"Was wollte Dex?"

Jack fummelt einen Moment an seiner Bierflasche herum, bevor er sie beiseite legt. "Nichts, Baby. Nur Clubsachen." Er zerrt an meiner Hand und zieht mich auf seinen Schoß. Ich hocke steif auf seinem Knie und weigere mich, mich zu entspannen, während er meine Brust massiert.

"Bist du sicher?" Ich schaue zur Tür. Ich vergewisserte mich, dass Dex weg war, bevor ich reinkam, aber es ist seine Wohnung. Er könnte jeden Moment zurückkommen. "Er ist der Präsident des Clubs. Er macht mir Angst."

"Nein, er ist gut. Komm schon, S'erra." Er hat Schluckauf. "Ich habe ein paar Sachen, die wir ausprobieren müssen. Dex sagt, wir können sein Hinterzimmer benutzen."

Ich lasse mich von ihm in den Flur führen. Die Wände sind mit altmodischen Holzpaneele verkleidet, einst schön, jetzt gebeizt. Es ist immer noch schöner als irgendwo anders, wo ich gelebt habe.

Jack zieht mich in einen dunklen Raum und auf ein Bett. Es riecht nach abgestandenen Zigaretten, aber die Decke ist weich und warm. Ich kuschle mich an meinen Freund und gebe mich dem Vertrauen hin. Eine Minute später gibt er mir einen Vorgeschmack auf das, was die Reiter gerade austeilen, und wir ficken uns gegenseitig durch die Höhe. Ich bekämpfe den Drang einzuschlafen, als mich die Übelkeit packt. Ich taumle ins Badezimmer, greife nach dem Waschbecken und halte mich fest, während schwere Stiefel die Treppe hinunterlaufen. Ich nehme mehrere Männerstimmen wahr und dann ...

Ein Schuss rüttelt mich wach. Ich setzte mich auf, blinzle, der Mund ist vollkommen trocken, das Herz schlägt wild in der engen Brust. Es dauert einen Moment, bis ich begreife, dass es kein Schuss war, sondern das Geräusch eines Motorrads. Das Rumpeln steigert sich und ich ducke mich, wobei ich mir auf dem Armaturenbrett fast mit dem Kopf aufschlage. Die Motorräder dröhnen vorbei und ich warte, zähle bis zehn, dann zwanzig, dann hundert. Jagger sollte inzwischen zurück sein.

Was ist passiert?

Ich klettere aus dem Lastwagen, in welchen Raum ist er gegangen?

"Jagger?" Rufe ich seinen Namen. "Wo bist du?"

"Hier drin." Ich folge seiner Stimme in Zimmer einundsechzig. Die Tür ist aufgebrochen. Ich drücke sie auf und erstarre.

"Hallo, Sierra", sagt Dex.

9

Sierra

DEX IST ein gut aussehender Teufelskerl, mit einem dunklen Haarknäuel, messerscharfen Wangenknochen und eindringlichen blauen Augen. Die Falten in seinem Gesicht und die raue Bräune, die er von einer lebenslangen Motorradtour bei strahlendem Sonnenschein hat, tragen nur noch mehr zu seiner intensiven Präsenz bei.

Ich würde ihn heiß nennen, sogar gutaussehend, wenn ich nicht wüsste, was für eine gemeine Menschenschlange er ist.

Ruf sie rein, Jack. Es ist Zeit zu teilen. Ich erinnere mich an seine krächzende Stimme, den Geruch von Schweiß und Unkraut und rohem Schnaps, der schwer in der Luft lag. Und Jack stotterte und heuchelte, während ich mich in den Schatten versteckte und mir wünschte, ich wäre irgendwo, bei irgendjemandem, außer in dem Haus, das Dex und den

Höllenreitern gehörte. Das ist das Problem, wenn man zum Klubchef nein sagt. Sein Wille war Gesetz.

Das ist immer noch so.

"Immer noch schön." Er bewegt seinen Kopf wie ein Gockel. "Beschäftigter, als bei unserem letzten Treffen. Aber immer noch die hübsche kleine Sierra."

"Wir sind wegen der Belohnung hier", ertönt Jaggers schräge Stimme. Ich höre ihn durch das Rauschen in meinen Ohren kaum noch. Dex' eisiger Blick liegt auf meinem.

"Oh, J, was hast du getan?" Ich flüstere. Ich wusste, dass er ein dummer Kiffer war, aber ich dachte nicht, dass er mich verraten würde.

"Das ist cool", erwidert Jagger mit einem Grinsen. "Dein Onkel wollte nur sichergehen, dass du nicht wirklich vermisst wirst. Sag ihm, dass es dir gut geht und wir die Belohnung bekommen können und -"

"Jagger." Ich kämpfe darum, meine Stimme ruhig zu halten. "Das ist ein Fehler. Du musst gehen." Es ist zu spät für mich, aber vielleicht kann ich ihn retten.

"Ich dachte, du würdest deine Freunde sehen wollen", entgegnet Jagger zu mir. Ich schüttle traurig den Kopf. Dummer, oberflächlicher Jagger, wie so viele Männer, denen meine Mutter und ich vertrauten.

Es brach mir das Herz. Dies wäre das letzte Mal, dass ich jemanden sehen würde. Dex wollte mich nach hinten nehmen und mit mir machen, was er wollte. Ich würde vielleicht überleben. Oder auch nicht.

"Es ist nicht das, wofür du es hältst. Du musst verschwinden, Jagger. Bitte", breche ich zusammen und bettle. Dex mochte es, wenn Frauen betteln. Vielleicht zeigte er Gnade.

Jagger streckt sein Kinn heraus und tritt Dex gegenüber. "Hast du ihre Sachen?"

"Nein, aber ich habe Geld mitgebracht", sagt Dex in einem neutralen Ton, dem ich überhaupt nicht traue. Er schnappt sich einen Seesack vom Bett und wirft ihn Jagger in die Arme.

Jagger fängt ihn auf. "Siehst du", dreht er sich mit einem großen, dummen Lächeln zu mir um. "Das wird dir helfen ..."

Der Schuss erwischt ihn mitten im Satze. Jagger stottert, die Augen weit aufgerissen, und klappt langsam zusammen.

Ich schreie und falle auf die Knie an seiner Seite. "Jagger? Jagger?" Ich wiederhole seinen Namen, während ich sein Gesicht tätschle und dreckige blonde Locken zurückbürste, um zu sehen, ob er noch bei mir ist. Blut sickert auf den Boden. Ich knie mich hinein und versuche, die Flut aufzuhalten. Der Atem rasselt in Jaggers Brust, roter Speichel sprudelt aus seinem laschen Mund. Ich sehe zu, wie das Licht langsam aus seinen Augen erlischt und weine mit weit aufgerissenen Augen. Es ist Jack, der wieder in meinen Armen stirbt.

"Sierra", sagt Dex aus der Ferne.

Ich schließe meine Augen und mir laufen ernsthaft die Tränen übers Gesicht.

"Sierra. Steh auf."

"Was spielt das für eine Rolle?" Ich kratzte, halte meine blutverschmierten Hände über dem Bauch, als ob ich mein Baby schützen wollte. "Du wirst mich sowieso töten."

"Nicht unbedingt." Dex sitzt mit der Waffe auf seinem Knie, lässig, als ob nichts passiert wäre. Er kann einen Mann töten und in einem Atemzug Pizza bestellen. Das Böse ist gewöhnlich für jemanden wie ihn.

"Nicht die hellste Birne", murmelt Dex und verspottet den Mann, den er gerade erschossen hat. "Sierra, sei ein braves Mädchen und hol mir die Tasche." Er bittet mich zu kommen, ohne sich Sorgen zu machen, dass jemand die Polizei rufen könnte. Er weiß, dass die Riders diese Stadt kontrollieren, und offensichtlich steht er über dem Gesetz. Ich halte die Luft an, schnappe mir die Tasche und bringe sie zurück. Ich bin jetzt seine Schlampe. Bis er plant, Tageslicht durch meinen Torso zu lassen, wie er es bei Jagger getan hat, was er jederzeit tun könnte. Meine Tränen sind nicht für mich, nicht wirklich. Ich wusste, dass es jederzeit auf diese Weise enden könnte.

Ich wünschte nur, ich könnte mein Kind retten.

"Damit wirst du nicht durchkommen", sage ich ihm. Ich bin sowieso tot, also ...

"Womit davonkommen?" fragt Dex, als ob nicht ein Mann auf dem Boden verblutet wäre. "Damit? Das kann und werde ich. Meine Liebe, ich habe dich überall gesucht."

Ich schüttle den Kopf.

"Aber ja. Wir waren besorgt, so besorgt, als Jack tot aufgefunden wurde."

"Ich weiß nicht, was passiert ist", sage ich in Eile, um mich zu verteidigen. "Ich hörte einen Schuss, und er war tot."

"Schhhhh, ich weiß. Ich weiß, ich weiß das."

"Du hast allen erzählt, ich hätte ihn getötet." Ich habe mir in die Wange gebissen, um nicht zu schreien, oder? *Und was geschah dann?*

"Du erinnerst dich nicht an diese Nacht?"

Ich schüttle den Kopf. "Ich erinnere mich, dass ich draußen war. Dann kam ich herein." *Nachdem du gegangen bist,* füge ich schweigend hinzu. "Wir tranken noch mehr und nahmen ... etwas ein. Später wachte ich auf und übergab mich im Badezimmer. Aber dann ..."

Stiefel in der Halle. Eine gemessene Stimme. Ein Schuss.

"Du erinnerst dich wirklich nicht mehr." Dex lacht halb. "Na, ist das nicht eine interessante Wendung der Ereignisse."

"Ich habe ihn tot gefunden", entgegne ich zittrig. "Ich hörte den Schuss, aber ich war nicht im Zimmer. Ich weiß nicht, was passiert ist. Wir waren in deinem Haus, und Jack war dem Club gegenüber loyal."

"War er das? Oder war er zum Verräter geworden?" Dex runzelt die Stirn. "Ich schätze, wir werden es nie erfahren."

Die Wahrheit trifft mich so hart, dass ich auf den Fersen stehenbleibe. "Du hast ihn getötet."

"Nun, warum sollte ich das tun?"

"Du wolltest, dass er mich mit mir teilt", flüstere ich und empfinde die Scham wie in jener Nacht vor langer Zeit. Ich sehe Dex an und möchte duschen und meine Haut von innen und außen schrubben.

Dex rüttelt an der Waffe. "Du wolltest den Dreier nicht. Aber du warst sein Eigentum, und alles Eigentum von Rider gehört letztendlich mir."

"Das tue ich nicht", flüstere ich. "Ich gehöre nicht zu ihm. Ich gehörte niemandem."

"Nein? Wie ich höre, hast du im Holzfällerlager jede Art von Unterhaltung angeboten." Dex bewegt sich zu Jaggers schlaffem Körper auf dem Boden. "Der hier hat es mir gesagt."

Ich schließe meine Augen und schüttle den Kopf. "Was hast du mit mir vor?"

"Das hängt davon ab, wie du dich verhältst. Was denkst du, Sierra? Kannst du ein braves Mädchen sein?"

Ich lecke mir die Lippen. "Es ist nicht wichtig. Der Club denkt, ich hätte Jack getötet. Du hast es ihnen gesagt."

Er zuckt mit den Achseln. "Geschichten können sich ändern. Ich denke, wir können uns etwas anderes einfallen lassen, um sie zu beruhigen."

Ich schüttle noch einmal langsam den Kopf. "Aus irgendeinem Grund wolltest du ihn tot sehen. Und ich war bequemerweise schuld daran." Ich biss mir auf die Lippe, als ich sah, wie er mit seiner Pistole spielte. Was konnte ich sagen, damit er mein Leben verschont? Wie argumentiert man bei einem Psychopathen?

Ich verkrampfte meine Knie und zwang mich, stark zu bleiben. "Warum hast du ihn getötet, Dex?"

Die Augen des Clubpräsidenten glänzen. "Er war übergelaufen. Er ging zu den Bullen, verhandelte mit den Feinden des Clubs. Er versuchte, den Riders zu entkommen." Seine Stirn runzelt sich, während er mich eindringlich mustert. "Vielleicht hat er das für dich getan."

Die Worte treffen mich und ich taumele ein wenig. Jack und ich hatten über ein anderes Leben gesprochen, über Weglaufen und Neuanfang. Ich wusste nicht, dass er es ernst meinte.

"Ja", murmelt Dex. "Er hat es dir nicht gesagt, aber er war dabei, ein neues Kapitel aufzuschlagen. Ab und zu ist einer meiner Männer in Muschis verliebt, macht alle möglichen Versprechungen. Es endet immer gleich. Ich bekomme Wind davon und" - sein Lächeln ist entsetzlich - "schleppe ihn zurück in die Hölle."

"Mörder", spreche ich die Worte aus, die mir auf der Zunge liegen. Ich habe keinen Mut mehr, Anschuldigungen zu schreien oder sie auch nur auszusprechen. *Jack. Oh, Jack.*

"Das reicht jetzt", befiehlt Dex. "Zeit, hierher zu kommen und mich zu überzeugen, dein Leben zu verschonen."

Ich zögere, da ich weiß, dass ich nichts sagen oder tun kann, um diesen bösen Mann davon zu überzeugen, dass ich leben sollte. Jedes Betteln ist eine vergebliche Mühe. Aber jeder verbleibende Augenblick ist kostbar. Wenn ich meinen Tod auch nur um eine Stunde hinauszögern kann, muss ich es versuchen.

Bevor ich einen Schritt in seine Richtung machen kann, fliegt die Tür hinter mir auf und ein Schuss ertönt. Dex zuckt, sein eigener Arm verkrampft sich mit der Waffe. Ein Schrei entkommt mir, als sich ein harter Arm um meine Mitte legt und mich zurückreißt.

Das Gesicht von Mason füllt mein Sichtfeld aus.

"Komm schon", bellt er und zieht mich nach draußen. Er schubst mich, wir rennen den langen Weg nach draußen an Hoteltüren vorbei. Alle verschlossen - taubstumm und blind für die Gewalt, die drinnen vor sich geht.

"Komm schon." Mason zieht mich die letzten paar Meter, als ich zu Boden falle und nach Luft schnappe. "Steig in den Wagen." Ich krabble auf die Beifahrerseite und lasse mich nieder. Mason startet die Zündung und gibt Gas, noch bevor seine Tür geschlossen ist. Ich halte mich fest, beiße die Zähne zusammen und keuche, jedes Molekül in mir kämpft darum, nicht auseinander zu brechen, während Mason mit den Lastwagen durch die Stadt rast.

In der Ferne dröhnen Fahrradmotoren. Ein Sturm von Motorrädern weht durch die Stadt. Jeden Augenblick werden sie merken, dass ihr Prez tot ist, und beginnen, das Land nach dem Objekt ihrer Rache zu durchkämmen.

"Du hast ihn getötet", höre ich mich sagen.

Mason antwortet nicht. Sein Kiefer verkrampft sich, als er eine Haarnadelkurve nimmt. Der Lastwagen fliegt herum und quietscht vorwärts. An einem Punkt schwöre ich, dass wir auf zwei Rädern unterwegs sind. Meine Finger hinterlassen bleibende Spuren, während ich mich an dem Griff festhalte.

Als wir die Stadtgrenze erreichen, ist es schon völlig dunkel.

"Mason", schlucke ich. "Jagger ..."

"Ich weiß", entgegnet er. "Ich habe ihn gesehen."

Ich studiere sein Profil in der Düsternis, die scharfe Linie seines Kiefers, die sich im Schatten abzeichnet. Er sieht so grimmig aus wie eh und je. Hasst er mich immer noch? Es ist meine Schuld, dass sein Freund tot ist. Wahrscheinlich hasst er mich wieder, falls er jemals aufgehört haben sollte.

Die Meilen fliegen vorbei, markiert durch den Schwarzwald. *Wo bringst du mich hin?* Ich will es wissen, aber ich bin nicht sicher, ob er mir antwortet, und ich will ihn nicht wütend machen.

Ich schlucke und frage mit leiser Stimme: "Woher wusstest du, wie du uns finden kannst?"

"Bin dir aus dem Laden gefolgt. Ich fuhr in die Stadt, nachdem ich hörte, dass er dich mitnahm. Jagger hatte plötzlich ein Telefon und einen Empfang; ich wusste, dass er etwas vorhatte. Er hat gedealt und dachte, er sei wieder oben auf."

"Dex hat ihn getötet. Jagger bat um die Belohnung. Dex gab sie ihm und erschoss ihn dann." Ich verstumme. Es gibt keinen Grund für Mason, mir zu glauben. Tatsächlich sollte er mir die Schuld an Jaggers Tod geben. Ich gebe mir selbst die Schuld.

Ich schweige, während Mason wie ein Dämon den langen, dunklen Weg entlang fährt. Die Kiefern drängen immer näher an den schmalen Streifen des Bürgersteigs heran. Ich habe noch nie eine so dunkle Nacht gesehen, die Schatten drängen herein, bis ich nicht mehr atmen kann. Nicht einmal in der Nacht, in der Jack starb. Diese Nacht ist in der Sepia meines Gedächtnisses versiegelt, angezündet von der vergilbten Straßenlaterne und dem dumpfen

Schein der Zigaretten, die von den Bikern geraucht wurden, die vor dem Haus warteten und nach meinem Blut riefen.

Der heutige Abend ist groß und leer wie die Wildnis und das Mysterium, wohin Mason mich führt. Ich habe keine Ahnung, wo wir hingehen. Mein Körper verkrampft sich von den Verspannungen. Ich bin in die Ecke des Sitzes gezwängt und starre blind in die Dunkelheit, als der Lastwagen näher ans Ende der Welt rast. Fragen kratzen an meiner Kehle; ich schlucke sie herunter. Ich schwanke zwischen Schock, Schrecken und Erleichterung, aber während die Meilen weitergehen, steigt die Angst aus meinem Herzen empor und verbrennt meine Kehle wie Säure. Mason hat noch immer nichts darüber gesagt, wohin wir gehen werden. Aber wir können nicht ewig fahren. Auf dem Armaturenbrett schwankt die Nadel der Tankanzeige und taucht ins Leere.

Mir fällt ein, dass Mason einen Weg gefunden haben könnte, sich um alle seine Probleme zu kümmern. Er hat einen Lastwagen und die Truppe eines Toten im Schlepptau. Ich bin der einzige Zeuge für alles. Er könnte leicht alle Beweise loswerden. Er hat eine Waffe, aber er muss mich nicht mal töten. Er muss mich nur in die Wildnis treiben und mich dort sterben lassen.

Mein Mund ist zu trocken, als dass ich aufschreien könnte, als Mason den Lkw abbremst, auf die felsige Schulter zieht und abrupt stoppt. Ich bin eine Statue auf dem Sitz, vollkommen erstarrt, als er aus dem Auto aussteigt und zu mir kommt, um meine Tür zu öffnen. "Steig aus."

Wie betäubt entferne ich meine Finger vom oh-scheiß Griff und der Sitzkante. Er muss mir herunterhelfen, und trotzdem taumle ich mit verkrampften Beinen.

"Komm schon", befiehlt er und marschiert mit mir in den Wald.

Das ist es, das ist es. Ich sage mir, ich soll rennen, aber ich kann nicht. Wir sind jetzt tief im Wald, unsere Stiefel treten nasses Laub auf. Mason führt mich mit einem unsichtbaren Kompass und schlängelt sich durch das Gebüsch und die Wildnis, während Äste unsere Beine und Arme zerkratzen. Wir gehen einen Hügel hinauf und in eine Schlucht hinunter, einem Bach folgend. Ich tappe so gut ich kann hinterher und frage mich, ob ich eine Chance habe, mich zu befreien. Mason hält mich fest in seiner Gewalt.

Endlich erklimmen wir einen Hügel. Ich zucke zusammen, als ich merke, dass da vorne ein kleines Gebäude steht.

"Nicht mehr weit jetzt", murmelt Mason. Die Galle nagt wieder an meinen Innereien. Mein Atem entflieht mir in zerlumpter Eile.

Meine Füße werden zu Beton, als wir uns der kleinen, dunklen Hütte nähern. Es scheint der perfekte Ort für einen Serienmörder zu sein. Trautes Heim, Glück allein.

Mason muss mich die letzten Meter nach vorne ziehen.

"Nein", kämpfe ich und kralle mich an ihm fest. Es ist sinnlos. Er ist zu stark. Er zerrt mich durch die Tür und fummelt an der Wand nach etwas. Eine Sekunde später flackert eine Flamme auf und beleuchtet die harten Flächen seines Gesichts. Er hält eine Laterne in der Hand. In gebückter Haltung atme ich tief durch, als er mit seinem Feuerzeug den mit Kerosin getränkten Docht auffangen will. Er hängt das altmodische Licht über mir auf und tritt um es herum, um mich zu überragen. Das kleine Licht macht seinen Schatten doppelt so groß. Verdammt, er ist zwischen mir und der Tür.

Ich stürze mich mit einem heiseren Schrei auf ihn, und

er greift meine Arme, wobei er mich leicht aufhält. Er starrt mich so bösartig an, dass ich zusammenzucke, als wolle er mich niederschlagen.

"Sierra, was soll der Scheiß?"

"Wirst du mich töten?" Meine Stimme klingt völlig erstickt.

Unglaube kämpft mit Wut. "Ist es das, wofür du es hältst? Ich habe dich vor diesem Biker-Wichser gerettet, damit ich dich hier rausfahre und töte?"

Ich antworte nicht und versuche, ihm mein Handgelenk zu entreißen. Er zieht mich nach vorne, fesselt beide Handgelenke und starrt mich an, bis ich aufhöre zu kämpfen.

"Ich bin nicht das Monster, für das du mich hältst."

"Hätte mich täuschen können", schnappe ich zurück. Ich muss verrückt sein.

Mason starrt mich nur an, dunkle Augen unergründlich, der Mund starr verschlossen.

"Tu es einfach", zischte ich.

"Sierra." Er schüttelt den Kopf, sein dichtes dunkles Haar folgt der Bewegung. "Ich werde dich nicht töten."

Trotz aller Vorsätze breche ich zusammen, wie eine Marionette, deren Fäden durchgeschnitten sind. "Nein?"

"Nein. Das ist nicht der Grund, warum ich reingeplatzt bin und einen Mann erschossen habe. Ich tat es, um dich zu retten. Um dich rauszuholen."

Ich fange schon wieder an zu weinen. Meine Knochen verflüssigen sich vor Erleichterung. Ich lehne mich an Masons starken Körper an, während sich mein eigener Körper in eine Quelle der Tränen verwandelt. "Du ... du hasst mich nicht?" frage ich zwischen Tränen.

"Nein", antwortet er vorsichtig. Seine Finger berühren mein Gesicht, zögernd, während sie ein paar Tränen wegstreichen. "Sind ... sind das die Hormone?"

"Ich weiß es nicht." Ich weine heftiger.

"Scheiße", erwidert er und faltet mich in seine Arme. Er ist nicht so groß wie Lincoln oder Saint oder die Zwillinge, aber in seinem schlanken Körper steckt viel Kraft. "Ich will nicht, dass dir etwas passiert. Ich will nicht, dass du stirbst."

Ich schlucke meinen Schnupfen herunter und zwinge mich, mich unter Kontrolle zu bringen. Masons Hemd ist nass an der Stelle, wo mein Gesicht lag. "Deren Schläger-trupp wird dich holen kommen. Dex war der Präsident. Sie können es nicht zulassen, dass ein Außenstehender ihn umbringt, selbst wenn es Notwehr war."

Masons Gesicht liegt im Schatten. "Ich weiß."

"Nun" - ich wische mir die Augen ab - "was nun?"

10

S ierra

MIR STOCKT DER ATEM, als ich Mason den Hügel hinauf folge. Er hilft mir über einen umgefallenen, mit Moos bewachsenen Baumstamm und hebt mich hoch, da meine Stiefel in einem schlammigen Fleck in der Nähe eines Farnhains versinken würden. Es ist eine lange Wanderung von der Hütte bis zu uns, und es fühlt sich an, als ginge es nur bergauf. Meine Muskeln schreien.

Ich muss mich daran erinnern, dass dies schon immer mein Plan war - mehr Zeit im Freien zu verbringen.

"Geht es dir gut?" fragt Mason, während ich innehalte und raue Luft in meine Lungen einsauge. Schluckend nicke ich.

Er nimmt meine Hand und führt mich um einen gefällten Baum herum. "Wir sind fast da."

Das erste Zeichen unseres Ziels ist ein gelb-orangefarbener Fleck zwischen den Bäumen. Als wir vorwärts marschieren, kommen große Ausrüstungsgegenstände in Sicht, die am Ende frisch geritzter Spuren im schwarzen Schlamm sitzen. Der erste Mann, den wir sehen, ist Oren, sein rotes Haar weht wie eine Fahne, während er die Anhöhe hinaufklettert, an der wir stehen.

"Hey", begrüßt er uns und zieht mich in eine Umarmung. Mir ist kalt, meine Glieder sind bereits nach dem Schlaf in der Hütte in Masons Armen abgekühlt. Wir erwachten beide vor Sonnenaufgang und begannen, hierher zu wandern.

Als nächstes kommen Lincoln und Saint. Der große schwarze Kerl reicht Mason eine Tasche. "Kleidung zum Wechseln, Essen, mehr Kerosin", erklärt er.

Mason nickt und überprüft es.

"Woher wusstest du das?" frage ich, während meine Zähne vom vielen Adrenalin klappern. Lincoln zieht seine Jacke aus und wickelt sie um mich.

"Ich hörte ein Gespräch auf dem Polizei-Scanner. Schießerei in einem Hotel. Zwei Männer niedergeschossen. Eine Waffe am Tatort gefunden. Von der anderen ... keine Spur. Der Mörder lief weg. Man hängt es einem Club an, den Hell Riders. Zeugen sagten, sie sahen einen Kerl, der wie Mason aussah, und ein Mädchen, das wie du ausgesehen hat, am Tatort."

"Das waren wir", bestätigt Mason. "Club Prez erschoss Jagger, wollte das Gleiche mit Sierra tun. Ich unterbrach ihn. Erschoss ihn und verschwand."

"Ja, das dachte ich mir." Saint schenkt uns einen seiner undurchdringlichen Blicke. "Zeit, sich vorzubereiten. Versteck dich lieber wieder. Dort hast du alles, was du für ein paar Tage brauchst." Er zeigt auf den Seesack, den er mitgebracht hat.

„Willst du weglaufen?" fragt Lincoln.

"Wir haben keine Zeit", antwortet Saint, bevor Mason zu Wort kommt. "Du versteckst dich besser."

"Was ist mit euch Jungs?" frage ich.

Mason und Lincoln tauschen Blicke aus und kommunizieren schweigend.

Es ist Saint, der antwortet und die Arme über der Brust verschränkt. "Die Reiter wollen einen Kampf, sie werden ihn bekommen. Wir bereiten uns auf den Krieg vor."

Ich beiße mir auf die Lippe. "Du solltest gehen. Sag ihnen, dass ich weggerannt bin. Verstehst du denn nicht? Du bist in Gefahr."

"Schhh, Mädchen", rumpelt Saint.

"Es ist okay, Sierra", beginnt Lincoln.

"Das ist nicht in Ordnung! Sie werden hinter euch her sein - hinter jedem von euch. Sie werden nicht aufhören, bis sie mich haben."

"Sie werden dich nicht bekommen. Nicht ohne einen Kampf." Lincoln betritt meinen persönlichen Raum, hebt mein Kinn hoch, damit ich ihn anschauen kann. "Wir werden dich beschützen. Ich habe es dir von Anfang an gesagt."

Ich schüttle den Kopf. "Ich will nicht, dass du das tust. Ich will nicht, dass ihr verletzt werdet." Ich sehe Oren an und flehe ihn an. "Bitte tut das nicht."

"Wir müssen", beginnt Lincoln.

"Du nicht. Du kannst mich gehen lassen."

Mason knurrt dabei. Ich senkt meine Augen Richtung der Blätter zu meinen Füßen.

"Das ist keine Option", antwortet mir Lincoln sanft. "Selbst wenn du fliehen musst, werden wir dir folgen. Wir bleiben bei dir."

"Aber warum?" platze ich heraus.

Lincoln dreht mich zu den anderen Jungs um und stützt mich mit einer Hand ab, während die andere über meinen Bauch gleitet. "Wir halten zusammen. Das ist es, was Familien tun."

Mein Mund klafft weit auf. Oren grinst mich an, und die Lippen von Saint krümmen sich leicht. Sogar Mason nickt.

"Er hat recht, Sierra." Mason tritt vor, um meinen Kragen zu richten. Als er fertig ist, streicht er mit dem Finger über meine Wange und fügt hinzu: "Du bist eine von uns."

DANACH KÜSSEN MICH DIE JUNGS, stecken mir vorsichtig die Haare unter die Kapuze und schicken mich mit Mason weg. Sein Arm ruht auf meiner Schultern, als wir uns entfernen. Wir sollen zurück zur Hütte wandern, uns einleben und warten.

Am Ende müssen wir nicht lange warten. Eine Woche nach dem Tod von Dex und Jagger brüllen Elon und Oren beim ATVs auf und geben Entwarnung. Ich fahre mit dem Herzen in der Kehle zurück. Sobald wir in den Hof einbiegen und ich sehe die Jungs neben einem großen Lagerfeuer und einem Stapel Motorräder stehen, bin ich ganz aus dem Häuschen. Elon bremst und ich springe Lincoln praktisch in die Arme.

"Es ist alles in Ordnung." Lincolns Augen sind schattig, müde. Seine Kleider sind schmutzig, und sein Bart sieht auch vernachlässigt aus. Aber er ist am Leben. Und auch der Rest der Jungs.

Ich ignoriere das Gewirr der Äxte neben dem Feuer. Wenn ich genau hingesehen hätte, würde ich die scharfen Kanten mit Blut befleckt sehen.

Später erzählen sie mir, wie das alles abgelaufen ist. Wie

Saint die ganze Operation plante und Lincoln sie beaufsichtigte. Wie sie Baumstämme auf die Straßen zogen und lange Äste als Fallen und Barrieren über die größten Schlaglöcher legten. Während Mason und ich warteten und uns gemeinsam in der Hütte versteckten, waren die Motorräder die Straße hinaufgerauscht, nur um von den Trümmern gestoppt zu werden. Einige der Fahrer hatten Lastwagen, die vorwärts rollten, nur um von den größten Baumstämmen gestoppt zu werden.

Den Rest haben sie mir nicht gesagt - aber ich habe es erraten. Wie sie darauf warteten, dass die Reiter zum Stillstand kamen, und dann vom Hof aus Warnschüsse abfeuerten. Als die Reiter ihre Gewehre zogen und zu schießen begannen, erwiderten die Holzfäller das Feuer. Die Schüsse flogen in die Bäume auf beiden Seiten der Straße und trafen die Holzfällerausrüstung. Keiner der Motorradfahrer kam den Jungs, die sich im Wald versteckten, sehr nahe. Einer erreichte fast die Tore des Hofes, aber ihm waren die Kugeln ausgegangen. Und einer der Holzfäller wartete bereits mit einer Axt.

Wer lebte, floh zu Fuß und ließ Leichen zurück. Elon wurde von einer Kugel getroffen, aber auf der Seite der Holzfäller gab es keine Verletzten.

Danach wurde nur noch aufgeräumt. Die Jungs bauten die Fahrräder ab und schleppten die Lastwagen ab, um sie auseinanderzureißen und zu verstecken. Einige Teile haben sie geborgen. Andere zerstörten sie - und zwar schnell mit ihren Maschinen und Äxten.

Sie begruben alle Leichen tief im Wald.

Ich halte Lincolns Hand, während er mir die Geschichte erzählt. Meine andere Hand bedeckt meinen Bauch, als wolle sie mein Kind vor einer so dunklen Geschichte abschirmen. Es ist wie bei den Brüdern Grimm. Am Ende, als er verstummt, küsse ich ihn.

"Du bist in Sicherheit", betont er. Ich streichle seinen Kiefer und streiche mit meinen Fingern durch seinen seidigen schwarzen Bart.

"Dank dir."

Sein Kopf senkt sich für einen Moment, seine Stirn drückt gegen meine. "Du kannst jetzt bleiben."

"Ja." Ich schlucke und verdaue die schwere Wahrheit. Diese Männer haben für mich getötet. Wir sind jetzt aneinander gebunden.

"Du wirst bleiben", sagt Lincoln. Das ist nicht ganz eine Frage.

Ich nicke.

Es wäre vielleicht am besten, wenn wir weggingen. Sie könnten sich eine andere Firma suchen und ein anderes Lager. Aber wir werden zusammenbleiben. Zu Hause ist, wo sie sind.

Ich gehöre zu ihnen. Und sie gehören zu mir.

An diesem Abend, nach dem Abendessen, schalte ich eine von Jaggers Wiedergabelisten ein und tanze. *Lovestoned/I Think She Knows* von Justin Timberlake. *See You Again* von Wiz Khalifa und Charlie Puth. *Put Your Lights On* von Santana und Everlast. Die Männer sehen ruhig zu, wie ich mich drehe und wende und meine Kleider fallen lasse. Und wenn ich ein wenig weine, ist das für die, die nicht hier sind. Heute Abend tanze ich, um sie zu Gedenken.

Die letzte Note erstirbt. Bevor die Männer sich rühren können, wende ich mich Lincoln zu. Er rutscht vom Tisch zurück, um mich zu begrüßen, und ich lehne mich in ihn hinein und rieche den wilden Duft von Erde und Himmel. Ich streiche sein dichtes Haar von seiner Stirn zurück, beuge mich und gebe ihm einen sanften Kuss. Meine Finger gehen zum Knopf an seiner Jeans. Er macht ein kleines Geräusch, lehnt sich aber zurück und lässt mich seine Hose öffnen. Meine Arme legen sich um seinen Hals, während ich ihn spreize.

Bist du sicher? fragen Lincolns Augen.

Ja, ich ziehe meine Hüften rauf und runter, reibe mich an ihm, bevor ich mein Höschen zur Seite ziehe und auf ihn hinunter sacke. *Ich bin mir sicher.* Ich war mir noch nie einer Sache so sicher.

Ich ficke ihn langsam, bei der Dehnung knirsche ich mit den Zähnen, ein leises Summen in meiner Kehle bei dem köstlichen Gefühl, als er mich vollständig ausfüllt.

"Es ist schon eine Weile her", keucht er.

"Ja." Ich streichle seinen Hals. Wir schaukeln und schaudern zusammen. Ich zerquetsche ihn fast mit meinen inneren Wänden, als ich komme. Sein Kopf fällt zurück, seine untere Hälfte zuckt, während er mich mit seinem Samen füllt. "Danke", murmle ich und gebe ihm einen Kuss.

"Jederzeit", entgegnet er lachend.

Um den Tisch herum halten die Jungs ihre Schwänze raus.

"Tisch", murmelte ich und Lincoln erhebt sich, zieht mich hoch und lege mich hin. Ich greife nach Elon, der bereits seinen Schwanz knetet. Ich sehe ihm zu, wie er sich einen runterholt, bewundere seine sommersprossigen Unterarme, geschmeidige Muskeln, die mit rostfarbenem Haar bedeckt sind. Ich brauche nicht mehr als ein Grunzen, um ihn zu überzeugen, mich ihn lutschen zu lassen. Als ich es tue, nähert sich Oren dem Fuß des Tisches und greift meine Hüften. Die beiden tauchen in mich ein und aus mir heraus und erfüllen meine Sicht und meine Sinne, bis ich zwischen ihnen erzittere. Sie kommen mit einem Schrei, ziehen sich zurück und lassen mich zitternd zurück, bereit für meinen eigenen Höhepunkt.

"Ich bin dran", knurrt Mason. Er zieht mich an die Tischkante und dreht mich um. In die Hälfte gebeugt, greife ich hilflos nach der Holzkante, als er mich von hinten versohlt. Die Jungs um uns herum murmeln nervös. *Schneller, härter,* ich hechle lautlos, als helle Lichter hinter meinen Augen explodieren. Mein Orgasmus schlägt ein, rollt über mich hinweg von meinem Kern bis zum Kopf und kräuselt meine Zehen. Ich hänge durch, und Mason ergreift mein Haar, sodass sich mein Körper nach hinten beugt, während er meine Muschi pflügt. Ich tanze auf der Spitze seines Schwanzes, ruckartig, während elektrisches Vergnügen durch meine Glieder strömt. Mason schlingt einen eisernen Arm um meine Taille und hält mich aufrecht, während er am Ende stöhnend aufhört. Als ich in seinen Armen zusammensacke, zerrt er meinen Kopf zur Seite und pinnt seinen Mund an meinem Hals, saugt und küsst und beansprucht mich.

Ich zittere, als er mich frei lässt. Saint ist da, er berührt mich mit fürsorglichen Fingern und bietet mir ein Glas Wasser an.

"Bist du bereit, Mädchen?", rumpelt er, und ich nicke. Er hilft mir auf den Tisch, legt mich mit hängendem Kopf auf den Rücken, den er in seinen Händen wiegt. Langsam presst er sich zwischen meine Lippen. Die Jungs um uns herum murmeln vor Ehrfurcht, während ich das Monster von Saint schlucke, als wäre ich drauf trainiert worden. "Scheiße", murmelt jemand. Vielleicht Tommy oder Roy. Sie sitzen zusammen in der Ecke und stehlen geheime Küsse, während ich meinen Körper mit den anderen teile.

Saint gleitet ein und aus und wird mit jedem Schlag

tiefer. Eine Berührung zwischen meinen Beinen lässt mich hochzucken.

"Entspann dich, Mädchen", beruhigt mich Saint. Jemand beugt sich über mich, spielt mit meiner Klitoris und drängt mich zum Höhepunkt. Saint beugt sich über mich, drückt zuerst meine rechte Brust, dann die linke.

Dann träume ich, in der Zeit schwebend, wie die Zwillinge kommen und mich mit weichen Waschlappen reinigen. Saint streichelt mein Haar und murmelt: "Braves Mädchen." Mason bringt eine Decke, und Lincoln hebt mich in seine Arme und trägt mich in sein Zimmer, wo wir schlafen werden. Ich schließe meine Augen und lasse endlich los, denn ich habe keine Angst, jetzt etwas zu verpassen. Heute Nacht ist nicht das Ende meiner Zeit bei den Holzfällern.

Das ist der Anfang.

11

S ierra

"ICH KANN NICHT GLAUBEN, dass du eine Mutter bist." Der blonde Typ auf dem Computerbildschirm lacht und schüttelt den Kopf.

"Ja, ich weiß", sage ich. "Unsere Mutter wäre Großmutter. Kannst du dir das vorstellen?"

"Sie würde es hassen, das zu hören", sagt der zweite Kerl und lehnt sich vor seinen Bruder, damit er mich sehen kann. "Sie brachte uns immer dazu, sie Lynny zu nennen. Wahrscheinlich würde sie ihre Enkel dazu bringen, das auch zu tun."

Ich rolle mit den Augen und kichere mit den beiden Jungs. Die Skype-Verbindung stockt für eine Sekunde und ich wechsle in die Chat-Leiste.

Verbindung wird unterbrochen. Vielleicht kann ich euch

nächstes Weihnachten besuchen. Ihr könnt eure Nichte kennenlernen.

Das wäre großartig. Die Nachricht erscheint in der Chat-box, auch wenn das Bild der beiden Typen einfriert. Nur für den Fall, dass sie mich noch sehen können, winke ich, bevor ich mich abmelde.

"Es sind also deine Brüder?" fragt Oren. Er sitzt am Ende des Tisches und arbeitet an einem neuen Schnitzerei-Projekt. Sein Fuß ist auf seinem letzten Projekt abgestützt, einer wunderschönen Wiege aus einem einzigen riesigen Stück Holz. Er bewegt seinen Fuß abwesend, wodurch die Wiege schaukelt, obwohl kein Baby drin ist.

"Halbbrüder. Sie sind unten im Staat New York." Ich schließe alle Anwendungen und fahre den Computer herunter.

Elon schaut von seinem Strickzeug auf. Er hat ein großes Garnknäuel in zartestem Rosa. Ich weiß nicht, woran er gerade arbeitet - mehr braucht meine Tochter nicht. Er hat bereits eine Mütze, eine Decke und einen winzigen Pull-over gestrickt. "Du kennst sie nicht, oder?"

"Nö." Das wird sich ändern. Ich möchte, dass meine Tochter ihre Familie kennen lernt. Ich erhebe mich und gehe zu Saints Zimmer. Die Tür ist angelehnt, also klopfe ich.

"Herein." Seine tiefe Stimme erreicht jeden geheimen Winkel von mir. Ich öffne die Tür und stehe mit dem Computer auf den Hüften. Der große Mann sitzt auf der Bettkante, die Stiefel auf dem Boden, die rosa Decke über die Schulter ausgebreitet. Eine riesige Hand verbirgt den Unter-körper meiner Tochter. Die andere reibt ihren Rücken. Es gibt nichts Besseres als einen großen, schönen Mann, der ein Baby hält. Meine Eierstöcke jubilieren bei diesem Anblick.

"Ist sie schon aufgewacht?"

"Nö." Saint streckt seinen Hals, um nach ihr zu sehen. Ich stelle den Computer ab und krieche herum, um ihr friedliches kleines Gesicht zu sehen. Sobald ich sie sehe, entspannt sich alles in mir. Ich kann nicht glauben, dass etwas so Perfektes aus mir herauskam. *Wir haben das gut gemacht, Jack.*

Die Lippen meiner Tochter verziehen sich im Schlaf in ein kleines Herz.

"Du kannst sie runterlassen", biete ich an. "Sie wird schlafen bleiben. Oder wenn nicht, werde ich sie füttern."

"Mir geht es gut", sagt Saint und nickt dem Computer zu. "Hat dir dein Geschenk gefallen?"

"Ja, ich danke dir. Ich weiß nicht, wie du sie gefunden hast. Deine Wege sind unergründlich."

Saint grinst. "Das ist nicht dein einziges Geschenk."

Als ich die Augenbrauen hochziehe, deutet er mit dem Kopf einen unscheinbaren Kasten, der neben ihm auf dem Bett liegt.

"Was ist das?" frage ich.

"Ein weiteres Geburtstagsgeschenk. Wir werden es heute Abend benutzen."

Ich durchsuche seine mitternachtsdunklen Augen, mein Inneres kribbelt. Ich habe herausgefunden, dass die besten Sexspielzeuge in faden Verpackungen geliefert werden.

"Ruh dich lieber aus", warnt Saint. "Ich werde das Baby halten. Du machst ein Nickerchen. Später wirst du es brauchen."

Mit einem Schauer und einem Lächeln schleiche ich auf Zehenspitzen hinaus. Lincoln sollte in seinem Zimmer sein.

Heute war mein Geburtstag, und die Jungs gingen aufs Ganze. Zusätzlich zu all den Babysachen machte Elon mir einen passenden Pullover. Oren schenkte mir eine Holzschnitzerei mit einer kleinen geschmeidigen Fee, die ein winziges Baby hält. Lincoln gab mir einen Daunenmantel und eine Trappermütze aus Kunstpelz. Roy und Tommy ergänzten meine Musiksammlung, und Mason schenkte mir ein neues Lautsprechersystem. Saint bestellte mir Bücher und Schokolade und stellte die Skype-Verbindung zu meinen Halbbrüdern her.

Die Jungs machten einen Schokoladenkuchen mit einem Ganache-Belag, der zu glatt war, um eine Kerze hineinzustecken, also stapelten sie Kekse zu einer Pyramide und steckten stattdessen Kerzen hinein.

Ich habe bereits Pläne, meine Dankbarkeit auszudrücken. Aber zuerst: Saint hat Recht. Ich brauche meine Ruhe.

Als ich in Lincolns Zimmer komme, sitzt er gestützt auf dem Bett und streicht sich über seinen Bart, während er einen Bericht studiert. Sein Hemd ist halb geöffnet. Als ich leicht an die Tür klopfe, dreht er sich zu mir um und öffnet seine Arme.

"Hat es dir gefallen, deine Brüder zu treffen", fragt er, während ich mich an ihn schmiege.

"Ja. Ich habe versprochen, sie eines Tages zu besuchen."

"Guter Plan."

"Ich habe keine Ahnung, was ich ihnen über uns sagen soll. Über uns alle."

Er zuckt mit den Achseln. "Dir wird schon was einfallen. Ich mache mir mehr Sorgen darüber, was du Riley sagen wirst, wenn sie alt genug ist, um zu fragen, warum sie sieben Väter hat.

"Mir fällt schon was ein", sage ich und gähne. Ich habe bereits eine Idee, was ich meiner Tochter sagen werde, inspiriert durch einige der Bücher, die ich gelesen habe. Als Lincoln seine Arme um mich schlingt, kitzelt sein Bart meine Wange. Ich vergrabe mich in seiner Umarmung und

schließe meine Augen, um von der Geschichte zu träumen
...

Es war einmal eine junge Frau, die von einem bösen Mann in einen Wald lief. Der Weg war lang und beschwerlich, aber sie kam bald zu einem Lager von Holzfällern, die in den tiefen, dunklen Wäldern lebten ...

Das Ende

EBENFALLS VON LEE SAVINO

Draekon Schicksal
Tochter der Dragons
Draekon Fieber
Draekon Rebellin
Draekon Festtag

DIE BERSERKER-SAGA

Verkauft an die Berserker
Gepaart mit den Berserkern
Entführt von den Berserkern
Übergeben an die Berserker
Gefordert von den Berserkern

DIE FRAUEN DER BERSERKER

TEXT-URHEBERRECHT